I0679876

À l'ami Francfort, Émile
cordial souvenir —

E. David

AUX MEMBRES

SOCIÉTÉ DES FRANCS-PICARDS

DE PARIS

JE DÉDIE CE TRAVAIL

E. DAVID.

Edouard DAVID

Les Théâtres Populaires à Amiens

Lafleur est-il Picard ?

Illustré de 18 gravures

Yvert et Tellier
Imprimeurs
Amiens
1906

Extrait des Mémoires de l'Académie d'Amiens
Année 1905.

Cabotins et Marionnettes

LES
THÉATRES POPULAIRES
A AMIENS

I

Sous le titre de « chés cabotans, » on désigne les théâtres populaires de la ville et de la banlieue d'Amiens. Ils sont encore aujourd'hui au nombre de six : ceux de la rue Rigollot, du passage du Logis-du-Roi, de la rue du Grand-Vidame, du faubourg de Saint-Pierre, du faubourg de Hem et de la rue de l'Union.

Il y a trente ans environ, ces théâtres, dont on comptait une dizaine, étaient très florissants. Leur public fidèle ne se composait pas seulement, comme aujourd'hui, des enfants du quartier, de la marmaille, mais aussi des parents qui, leur journée de labeur remplie, venaient s'esbaudir aux prouesses amusantes du héros de ces spectacles : l'incomparable picard Lafleur.

Chés cabotans, on le comprend aisément, sont employés, par synecdoque, pour l'ensemble du théâtre : local, personnel, décors et accessoires.

Les établissements de ce genre étaient, le plus souvent, aménagés dans un rez-de-chaussée de maison, occupant une surface variant de 40 à 100 mètres carrés. Le fond, sur un espace de 15 à 30 mètres carrés, était réservé à la scène ainsi qu'au matériel et au personnel de la troupe, celui-ci fort nombreux et ne comprenant pas moins de 200 sujets ou cabotins, nécessaires pour vaincre les difficultés d'un répertoire aussi attrayant que varié.

Attrayant, il fallait qu'il le fût pour confirmer la devise : *Castigat ridendo mores* — le théâtre est destiné à corriger les mœurs, — qui s'étalait triomphalement au-dessus de l'inévitable vase de fleurs de toutes espèces et de toutes couleurs, formant le motif principal du rideau.

Le reste de la salle, dont les murs, blanchis à la chaux, étaient ornés de guirlandes ou de corbeilles peintes par le directeur, — homme de métier ou simple *rédeur*, — était pris par les bancs disposés en gradins, très rapprochés les uns des autres.

Pour tout éclairage, un lustre, non pas semblable à ceux de nos riches cathédrales, mais un lustre à trois ou à quatre branches, très artistement travaillé en fer forgé, et portant autant de lampes au pétrole qui répandaient leur lumière, et aussi leur parfum dans toute la salle.

Au théâtre des cabotins, les mécomptes n'étaient pas à craindre, du moins en ce qui concernait le personnel. Là, jamais de spectacle contrarié par l'indisposition de la chanteuse ou du ténor ; point de rhume malencontreux ni de défaillance chez ces acteurs solides et admirablement charpentés.

En effet, taillés en plein bois, ces artistes n'avaient pas à redouter les accidents de leur vie de théâtre. D'autre part, il ne leur était point permis de faire les yeux doux au docteur attitré de l'établissement pour se faire délivrer un certificat de complaisance et s'exempter ainsi d'une représentation difficile.

Le directeur avait bon œil et suffisait à tous les offices de sa charge. Il veillait avec un soin jaloux à la santé de ses pensionnaires, les soignait dans leurs déboires. Il les amputait de la jambe, du bras, voire même de la tête, mais seulement quand le besoin était réel, c'est-à-dire, après avoir épuisé toutes les ressources de l'art du raccommodage.

Il allait même jusqu'à les guérir toujours et gratis.

Aussi, faut-il savoir gré à ses confrères de la docte Académie de n'avoir jamais pris ombrage de ses succès, ni songé à le traduire devant les tribunaux pour exercice illégal de la chirurgie.

Bien que dépourvu de diplôme, nul pourtant n'était plus qualifié pour tenir l'emploi de chirurgien, car jamais praticien ne connut mieux l'anatomie de ses sujets que le directeur d'un théâtre de cabotins.

Aussi nul homme, dans ce siècle de doute, ne fut plus certain d'être réellement le père de ses enfants.

Les jours de relâche, en la saison d'été, à l'époque où, dans la nature, tous les couples s'appareillent, étaient par lui employés à la confection, — j'allais dire : à la création, — de ses chers cabotins.

D'une promenade dans le bois, il avait rapporté des bâtons de différentes grosseurs. Par un miracle de ses mains, ces bois informes devenaient, à l'aide d'un tranchet, dont l'usure indiquait le long service, autant de pièces : jambes, bras, troncs, figures qui, rassemblés avec art, constituaient sa nombreuse famille.

De son côté, la directrice employait son temps aux labeurs du ménage, aux soins de ses propres enfants — de chair et d'os — comme à ceux fabriqués par son mari qui l'aidait dans cette dernière tâche. Celui-ci s'occupait des hommes, celle-là s'arrangeait des femmes.

Tel sujet, à la physionomie expressive, au nez allongé, aux yeux vifs et pénétrants, avait la distinction de l'homme du monde. Il en faisait un marquis, un seigneur. Dans les morceaux de *trèque*, achetés au marché à *rèderies* et ajustés à sa taille, il lui taillait un costume de premier ordre. Les dentelles, retrouvées dans l'un des vieux tiroirs d'une vieille commode, restes de vêtements de famille, habilement rafraîchies, venaient trancher agréablement sur le velours rouge, vert ou noir que rehaussait encore l'éclat des ors donnés par la marchande d'ornements d'église ainsi que les clous de cuivre, transformés en boutons et servant à fixer l'habillement qui collait à ravir.

Le *rèdeur*-sculpteur parvenait-il, sans trop savoir comment, à tailler dans le bois une figure aux traits fins et distingués, au regard gracieux, au minois charmant ? Ils seraient les plus chastes attraits de la marquise dont la taille svelte et les bras aux contours agréables étaient vite agencés.

Et dans les mêmes morceaux de *trèque* que ceux trouvés pour costumer le marquis, la directrice, aux doigts de fée, ajoutait, aux dons naturels de la marquise, toute l'élégance d'une robe drapée avec un goût exquis, tout l'agrément d'un corsage aux divines échancrures, qui laissait discrètement entrevoir les charmes d'une beauté de bois.

Le visage étant surtout la caractéristique de l'individu, suivant l'expression obtenue par le « tailleur d'images, » tels sujets sortis de son tranchet étaient tout désignés pour les emplois de prince ou de brigand, de père noble ou de domestique, d'empereur ou de garde-champêtre, de princesse ou de marchande de la halle, de grisette ou de bourgeoise, de reine ou de simple servante.

Il est juste de dire que du moindre laquais au plus haut dignitaire, tous étaient, de la part du maître, l'objet de la même sollicitude, du même attachement.

Sans doute, comme dans le monde de chair et d'os, les conditions sociales étaient dues bien plutôt au hasard de la naissance qu'au véritable mérite.

Mais, à l'inverse de notre milieu, les situations brillantes n'excitaient ni convoitises, ni jalousies.

Là, point d'appétits inassouvis. La lutte des classes ne s'y montrait point dans son inexorable acuité ; la chasse aux places et aux portefeuilles n'était point le code du parfait arriviste ; les bassesses et les génuflexions y étaient inconnues. Tous les sujets étaient heureux de leur sort dans ce paradis terrestre, véritable éden de confraternité et d'amour.

C'est qu'aussi les règles d'une morale sévère y étaient appliquées dans toute leur rigueur et les cas d'infraction, — très rares, il est vrai, — appelaient de terribles représailles.

Pour éviter les promiscuités fâcheuses, chaque sexe avait son local et chaque pensionnaire son numéro.

Et quel silence dans ce temple. Point de commérage, point de bavardage, même chez les femmes, ce qui peut paraître surprenant. On eût pu percevoir le bruit de l'araignée tissant consciencieusement sa toile dans les coulisses.

D'ailleurs, le garde-champêtre veillait et répondait du bon ordre et des mœurs.

Les infractions à la morale étaient punies très sévèrement, avons-nous dit. En effet, au cours d'une pièce, un officier perdait-il son sabre et son képi galonné pour courir après quelque gourgandine ? Le directeur, impitoyable, le dépouillait de son uniforme et de son prestige et en faisait un vulgaire pékin, voire même un bourgeois niais et laid.

Le soir d'une représentation de la *Naissance de l'Enfant Jésus*, — de tradition à Noël, — Marie reconnaissante envers Lafleur qui l'avait délivrée du cauchemar d'Hérode, avait-elle, dans sa fuite, perdu sa couronne d'oranger ? La directrice, rigide, lui enlevait son auréole, ses habits virginaux. Et Marie, vierge hier encore, promenait sa déchéance sous les traits d'une femme du peuple et se voyait mariée à ce gredin de Lafleur. Pouvait-il être punition plus cruelle ? (Voir fig. 3, 4, 5, 6, 7 et 8).

Hélas ! tout passe, tout lasse, tout casse même et surtout aux cabotins. M. le marquis, Madame la marquise, vieillis sous le harnais, le nez moins fin, la figure piquée de petits trous, telle une *passoire*, les habits fripés, les ors éteints, se voyaient, à leur tour, convertis en gens de bas étage, roturiers ou manants.

Adieu, chapeaux à panaches ; adieu collerettes fraîchement empesées ; adieu bouillons et crevés garnis de pierreries étincelantes. Le souffle de la Révolution emporte jusqu'aux rois, reines, princes et princesses des théâtres de cabotins.

*
* *

Voici donc nos acteurs pendus à la muraille, un fil de fer solidement fiché dans la tête, les pieds et les mains noués à des ficelles minces qui servent à les faire mouvoir et à leur permettre de joindre ainsi le geste, l'action à la parole. Ils semblent s'éveiller et sourire car l'heure de la représentation est proche.

Au préalable, la bande de gamins, de « rabatteurs, » a parcouru les rues du quartier, annonçant le spectacle sur l'air des lampions.

Il y aura foule ce soir, — comme c'est l'habitude. Déjà sont nombreux les spectateurs qui attendent l'ouverture des portes. C'est le petit gamin qui, à peine sorti de l'école, tient, dans sa main gelée, l'affriolante tartine dont il lèche les confitures ce pendant que goutte à goutte du nez tombent sur sa miche de pain les effluves du froid. Avec quel enthousiasme il saisit le « clichet » de la porte contre laquelle il s'arcboute.

C'est aussi la petite fillette, bien *emmitonnée* sous sa capeline de laine, qui caresse le secret espoir de prendre place au premier banc.

De toutes les rues adjacentes, on voit surgir bon

nombre de personnes de tout sexe, de tout âge, qui viennent grossir la queue.

Un mouvement s'est opéré, en même temps qu'un cri, presque un frisson court dans la foule : « On ouvre ! »

La porte s'entrebâille et l'on entend la directrice qui, tout en percevant le prix des places soit en espèces, soit en nature, — *troube, copon,* etc., — ne cesse de répéter à tue-tête : « N' poussez point, nom des bois, i gno de l' plache pou tertous. »

Mais cette déclaration, loin de calmer l'ardeur des néophytes ne fait qu'aviver la ténacité de ceux qui n'ont pu pénétrer encore.

Dans ces cohues, il est bien rare que le gamin ne perde pas sa casquette ou sa tartine, la fillette son chignon noué du *suivez-moi* traditionnel. Mais c'est là le moindre de leurs soucis. Ils savent, au surplus, qu'à défaut de la tartine, happée par le chien du directeur, tous ces objets leur seront restitués dans un instant.

En un clin d'œil, les bancs sont pris d'assaut par les spectateurs, serrés, tassés, emp·lés, assis à grand'peine.

Les trois ou quatre lampes, suspendues au lustre, dont nous avons fait la description, projettent leur lumière dans la salle. La scène ne sera éclairée que pendant l'audition de la pièce par deux lampes pareilles disposées dans des ouvertures pratiquées l'une à droite, l'autre à gauche.

Il est juste de dire qu'aux cabotins comme au grand théâtre, les portes sont ouvertes une demi-heure avant la représentation.

Aussi, quel brouhaha, quel vacarme pendant l'attente. La directrice ne sait où donner de la tête pour répondre aux demandes des gosses qui veulent acheter des pommes, des oranges, des cannes à sucre.

Les gamins ne sont pas seuls à provoquer ce tapage. Aux gradins supérieurs, les femmes à bonne « tapette » qui useraient leur langue si cela se pouvait, poussent des : « aïe ! aïe ! aïe ! min Diu ! » longs comme le bras, en entendant l'une d'elles raconter toutes les mésaventures du quartier. La conversation des hommes roule presque exclusivement sur les questions de métier. C'est une revue complète menée avec une ardeur et un entrain sans pareils.

Non initiés aux tribulations de la vie, les jeunes gens n'ont d'autre préoccupation que celle d'offrir à leur blonde aimée, gage d'amitié peu coûteux mais sûrement agréable, la canne à sucre verte, — couleur de l'espérance, — ou rouge, — couleur de l'amour, — que les belles de leurs jolies lèvres vertes ou rouges, suivant le cas, arrondissent en pointe pour, comme d'une aiguille, piquer le cou des voisins ou quelquefois aussi se venger des voisines, objets de leur jalousie.

Qui pourra jamais dire combien les cheveux soyeux des fillettes ont recélé de ces bâtons de mélasse, plus connus sous le nom de *pucelages* ? Qui pourra jamais retracer les jérémiades des parents, au lendemain d'une représentation, pour décoller les perruques et refaire le coquet chignon de leurs filles, portant encore les restes des sucreries dont l'oreiller n'avait gardé que l'empreinte ?

La salle, avons-nous dit, était aménagée au rez-de-chaussée. On y retrouvait donc la cheminée, hors d'usage, c'est-à-dire non munie de poêle. Cette cheminée était surtout l'endroit préféré des spectateurs turbulents et farceurs qui s'y trouvaient à l'abri pour lancer leurs projectiles, — pommes et oranges apportées ou achetées dans l'établissement — sur les artistes heureusement de tête et de corps fort solides et pouvant défier tous les assauts.

Aussi quand le directeur, au beau milieu d'un acte, verra tout à l'heure son récit pathétique interrompu par quelque avalanche de ce genre et, passant la tête par l'un des montants de la scène, désignera à la directrice l'endroit d'où partent les projectiles, celle-ci, malgré les vociférations de son mari tempêtant : « si ch'est ein grand, reinds-li sin sou, si ch'est ein tchot, fous-le à l' porte, » ne trouvera-t-elle personne à qui s'en prendre. Les gamins ou jeunes gens auront, au plus vite, escaladé la cheminée pour, le calme revenu, redescendre la figure et les mains barbouillées de suie, excitant ainsi les rires des spectateurs et provoquant une nouvelle interruption de la représentation.

Mais n'anticipons pas.

La scène, la rampe si vous voulez, s'illumine. Les gamins chantent, sur l'air des lampions : « On allume ! On allume ! ».

Le directeur, la directrice et un joueur attitré, personnel vivant de ces théâtres, sont à leur poste, derrière la coulisse de fond d'où ils feront, dans un instant, manœuvrer leurs cabotins. A eux trois, ils suffiront à tenir tous les rôles, si nombreux soient-ils (Voir figure 1).

Fɪɢ. 1. — Barbier père et fils dans les coulisses

(Cliché Léguillier).

Pour ma part, j'ai toujours admiré, non sans étonnement, la facilité avec laquelle ils se jouent des difficultés d'une pareille tâche. Grâce à l'inflexion de la voix qui passe aisément du grave à l'aigu pour retomber dans le médium, tous les personnages seront nettement distingués l'un de l'autre et caractérisés.

Il y a 150 ans environ, les joueurs de marionnettes, en Italie, variaient les intonations au moyen d'un sifflet pratique appelé *fischio* ou *pivetta* (1). Nos joueurs picards, plus primitifs dans leur manière de différencier la voix des personnages, se servent tout simplement de la main qu'ils se mettent devant la bouche, le pouce et l'index reliés ensemble, à la façon d'un porte-voix.

La sonnette a retenti. Le rideau (la toile comme on dit aux cabotins) est levé. Le décor de fond représente un château ; sur le devant, une pièce d'eau au milieu de laquelle un amour lance des jets innombrables. A droite et à gauche sont les allées d'un jardin qu'on pressent spacieux.

Certes, la toile, les décors des théâtres de ca-

---

(1) On raconte l'anecdote suivante sur Charles Nodier qui aimait fréquenter les théâtres de marionnettes. Il demandait, un soir, à un directeur, comment il lui était possible de parler à l'aide du sifflet pratique.

« C'est bien simple, lui répondit ce dernier, tenez, et ce disant, il prit le sifflet, se l'introduisit dans la bouche et joua. »

Frappé de la simplicité de la méthode, Nodier voulut essayer mais sans succès. Alors, dit-il au directeur, il ne vous arrive donc jamais d'avaler ces sifflets ?

« Oh ! si, Monsieur, lui fut-il répliqué. Ainsi celui que vous avez dans la bouche, je l'ai déjà avalé trois fois. »

botins n'ont aucune prétention à l'art. Ils sont, le plus souvent, brossés à grands coups par quelque peintre de bâtiments du quartier quand le directeur, homme à toute main, ne se charge pas lui-même de ce travail. Visant uniquement à l'effet, il n'est pas téméraire d'affirmer que ces modestes ouvriers atteignent le but.

Polichinelle, le beau Polichinelle que le goût français a rendu si populaire et qui a été définitivement fixé par Meissonnier, Chéret et Manet, entre en scène. (Fig. 2.)

Dans les théâtres de marionnettes, Polichinelle est le personnage autour duquel gravitent tous les autres, le grand premier rôle en quelque sorte.

Aux cabotins, cet emploi étant dévolu à Lafleur, celui de Polichinelle se trouve réduit tout simplement à l'annonce du spectacle précédé de la chanson connue :

> Bonsoir à tous ces messieurs,
> Ces dam's et ces demoiselles,
> Nous arrivons tous joyeux,
> Lafleur et Polichinelle,
> Qui vont vous rendre contents
> Par tant de choses nouvelles.
> Vous serez parfaitement
> Satisfait pour votre argent.

Le second couplet indique la cause de la fermeture du théâtre et celle de sa réouverture :

> Nous nous sommes embêtés
> De ne recevoir personne
> C'était la faute à l'été.
> Voici revenu l'automne.

Et si vous êtes contents
Des soirées que l'on vous donne,
Donnez vos applaudiss'ments
Et venez nous voir souvent.

Chacun de ces couplets est suivie d'une sorte
d'onomatopée, impossible à transcrire : « Bij ! Bij !
Bij ! Bij ! » plus connue sous le nom de Bi-Bi, chantée par l'acteur et accompagnée par tous les spectateurs sur l'air de :

Pan ! Pan !
Qui est-là ?
C'est Monsieur Polichinelle... !

Ici se place l'annonce de la pièce qui va suivre et
Polichinelle sort de scène sous les cris de :
« A l' glaïade ! A l' glaïade ! » — à la glissade, — jetés
ironiquement à l'adresse de Polichinelle qui glisse
sur ses pieds et ne marche pas. Alors le rideau
tombe.

Cette scène de Polichinelle constitue le prologue
invariable de chaque soirée Pour être complet
j'ajouterai que l'un de nos théâtres donne un trio de
Polichinelles. Cette innovation est très récente.
Elle est due, m'expliquait M. Barbier, directeur des
Folies-Dramatiques, rue Rigollot, au rachat fait
par lui de plusieurs jeux de cabotins ayant chacun
son Polichinelle.

* *
*

Un court entr'acte permet au patron de jeter un
dernier coup d'œil sur son personnel et de s'assurer
de l'ordre et de la disposition des accessoires ;

fauteuils, canapés, sabres, pistolets ; le papier réduit en *sabouret* avec lequel on imite, le cas échéant, la neige tombante ; le briquet ou capsule d'où doit jaillir l'éclair ; la fameuse plaque de tôle (*ch' tôle*) de laquelle doit gronder le tonnerre ; le fil de fer tendu pour en tirer le son du canon, etc.

La sonnette a retenti de nouveau. La toile se lève sur la pièce qui vient d'être annoncée.

Notre intention n'est pas de la suivre d'un bout à l'autre, mais bien plutôt de vous renseigner sur le répertoire habituel de ce genre de spectacle.

Au théâtre des cabotins, le répertoire est absolument le même qu'à celui de la rue des Trois-Cailloux, c'est-à-dire qu'il comprend le drame, la comédie, le vaudeville, l'opéra-comique et *la grande opéra*.

Il faut ajouter néanmoins que depuis près de trente ans, ces deux derniers genres : l'Opéra-comique et le grand Opéra, ont complètement disparu de la scène des cabotins.

Cette disparition est profondément regrettable. L'effet de ces représentations lyriques était irrésistible, non pas, assurément, par le charme des voix des artistes égrenant tout le chapelet des perles musicales, mais par le côté comique et drôlatique des scènes habilement arrangées par l'imprésario en quête de couleur locale.

Un exemple permettra de vous représenter ce que pouvait être un livret d'opéra-comique ainsi truqué.

On jouait un soir *Si j'étais Roi*, d'Adam. Au premier acte, celui des pêcheurs, Piphéar venait chanter la chanson si populaire de Gazette : *Les tribulations d'un pêcheur*.

Fɪɢ. 2. — Polichinelle.

(Cliché Léguillier).

> Lo-d'sus m' vlo parti por Camon
> Au grand pas d' gymnastique
> J'avois einn' grand' boîte d' carton
> D'asticots qu'étoient' chics.
> Ein arrivant su ch' bord de l'ieu
> Vlo tout d' suit' que j' m'apprête.
> J' vos por amorcer, nom d'ein bleu :
> Gn'avoit pus d' voers da m' boîte.

Le tableau suivant n'était pas moins drôle. Il est bon de vous dire que, dans cette pièce, Zéphoris n'était autre que l'ami Lafleur et Néméa notre connaissance Sandrine. L'anachronisme est de tradition aux cabotins et à votre réclamation l'impresario répondrait que si ses artistes n'ont pu accomplir tels exploits, ils en étaient capables.

Donc Zéphoris ou plutôt Lafleur entre en scène, un peu éméché, les yeux vifs, le chapeau sur l'oreille, chantant ou plutôt chantonnant, comme dans la pièce : « Si j'étois Roi ! Si j'étois Roi ! »

Arrivée impressionnante de Néméa (Sandrine) qui reconnaît son sauveur. Immédiatement les aménités commencent. Lafleur pique ses couplets *d'aparte* de circonstance, qu'il crève la soif et demande à boire. Sandrine refusant d'obtempérer à son désir, il chante, malicieusement calin :

> Si j'étois roi,
> Pou t' bieuté, ô Sandrine,
> Je m' frois doux conm' praline,
> Si j'étois roi !

Vous concevez les doutes de Sandrine qui devine l'astuce de son garnement. Des doutes aux querelles, des querelles aux injures, le pas est vite franchi.

Bref, sans s'arrêter aux rodomontades de celle

qu'il adore, — car ils ne sont pas encore mariés, — Lafleur réclame toujours à boire : « Si j'étois roi! Si j'étois roi ! »

« Quoi qu'tu frois, si t'étois roi, » lui demande tout à coup Sandrine agacée.

Alors le bras tendu horizontalement, le pied levé à la hauteur du nez de Sandrine, sur un ton impératif qui n'admet pas de réplique, il dit : « Si j'étois roi, j' te dirois : Sandrine, vo m' quœurre einne gatte d'ieu, j'agglave d' soi ! »

Naturellement, comme dans toute bonne pièce, Lafleur finit par épouser Sandrine, mais, pour respecter la tradition, seulement après avoir mis en fuite à coups de « caboches » l'armée ennemie et « écrabouillé » de même le traître Kadour.

Par ce simple exposé, il est permis de se rendre compte de l'attraction que devait exercer sur un public, toujours de belle humeur, une représentation semblable.

Toute œuvre qui n'est pas fixée par l'impression est fatalement destinée à disparaître. C'est la seule raison de l'abandon, au théâtre des cabotins, de l'opéra-comique et de la *grande opéra*.

Il ne serait pas juste, en effet, d'attribuer le délaissement de ces genres au manque d'initiative, voire même d'imagination des impresarios actuels. Les questions économiques ont complètement changé notre manière de vivre, et, par conséquent aussi celle des directeurs des théâtres de cabotins.

Jadis, ceux-ci trouvaient, dans le produit de leurs représentations d'hiver, les ressources nécessaires à l'alimentation de leur budget annuel.

Pendant les longues journées d'été, quand le soleil prend plaisir à allonger sa course, leurs loisirs forcés étaient employés à la réfection du *matériel*. C'est alors que, dégagés de toute préoccupation *matérielle*, ils donnaient libre cours à leur imagination, et concevaient quelqu'une de ces pièces débordantes de verve et d'originalité.

Aujourd'hui, l'emploi de directeur d'un jeu de cabotins est un supplément ajouté au labeur quotidien, destiné à parfaire le faible gain de son métier: filature, teinture ou vente de journaux.

N'ayant plus le temps de donner de sa personne, en tant qu'auteur, il se contente de puiser dans le vieux répertoire des vieux mélos de la vieille comédie.

Ne nous en plaignons pas trop. C'est grâce à lui que nos enfants connaissent par cœur les belles pièces que notre modernisme outrancier ne veut plus entendre ; c'est aux cabotins qu'ils vont chercher pour un sou de rêve et d'idéal.

Combien de bons auteurs, aujourd'hui démodés, oubliés, retrouvent là leurs succès d'antan.

Etre joué dans ces théâtres minuscules, être applaudi par de minuscules spectateurs, qui ne sont pas encore gâtés par la politique ni entraînés dans le tourbillon des idées, exempts de tout système, de toute école, de tout parti-pris et qui ne demandent qu'à se donner tout entiers, n'est-ce pas la suprême gloire pour un auteur ? n'est-ce pas le *vox populi* dans ce qu'il a de plus pur, de plus franchement spontané.

Sans doute, le directeur ne se confine pas dans

l'ancien répertoire. Les pièces modernes sont également-
ment appréciées par lui. Homme de goût et d'un
éclectisme louable, il offre à ses jeunes auditeurs le
régal des pièces à succès et demain l'affiche annoncera,
en grosses lettres, la représentation extraordinaire
de *Michel Strogoff*, de *la Princesse Elisa*, de *Cyrano de
Bergerac*.

Ainsi l'Art soude à la chaîne du passé les anneaux
du présent tout aussi glorieux.

*
* *

Aux cabotins, il est d'usage de faire suivre la pièce
de fond, — drame ou comédie, — de la *bouffondrie*.

Cette scène comique, nous l'avons dit ailleurs, (1)
est, en quelque sorte, le dessert, le régal dont la
robustesse supplée à la délicatesse.

Essayer de la supprimer serait porter atteinte aux
droits de la clientèle et amènerait une révolution
parmi le peuple d'habitués qui ne va dans ces théâtres
qu'alléché par la *bouffondrie*. Ainsi, de nos jours,
un autre public ne se rend à une conférence qu'attiré
par l'attrait d'intermèdes musicaux.

S'il n'est pas possible, en raison du manque de
documents, d'assigner une date à la première apparition, dans notre ville, des *jeux de cabotins*, on peut
du moins affirmer que l'origine de la bouffonnerie se
perd dans le nébuleux des siècles.

Jadis, à Rome, trois cents ans avant Jésus-Christ,
on désignait, sous le nom d'atellanes (de la petite
ville d'Atella, dans la Campanie, où elles étaient en

(1) Etude picarde sur Lafleur.

honneur) des représentations comiques qui avaient pour objet la vie des petites villes. Elles consistaient en dialogues en prose mêlés vraisemblablement de chants en vers saturnins. Ces pièces, imitées des Grecs, s'improvisaient d'un bout à l'autre. Seul le sujet était déterminé à l'avance.

Le principal personnage, autour duquel gravitaient tous les autres, était Maccus qui, d'après Georges Sand, serait le plus ancien des types grotesques de la bouffonnerie et duquel Polichinelle descendrait en droite ligne.

Seul de ses partenaires, Maccus avait le privilège de s'exprimer en dialecte osque, la langue vulgaire, — le patois picard des Romains, comme dirait Lafleur.

Les atellanes étaient jouées, comme les bouffonneries des cabotins, à la suite des grandes pièces tragiques ou comiques dont elles formaient le complément. Ces scènes comiques devaient être surtout, selon moi, la part du peuple.

Grossière au début comme les mœurs des premiers siècles de Rome, dit Larousse, l'atellane devint par la suite plus réservée. Bruno le goulu, Pappus, le vieil avare, Dossennus, le vendeur d'oracles, qui en étaient les principaux interprètes, se couvraient de masques sans doute pour n'avoir pas à rougir de leurs élucubrations où ils se permettaient toute licence.

Les Romains, envahissant la Gaule à plusieurs reprises, devaient, plus spécialement dans le midi, imposer leurs mœurs et coutumes aux peuples soumis.

Bien qu'il ne nous soit rien parvenu des productions

théâtrales dans notre pays pendant les premiers siècles, il est certain que des représentations y étaient données.

C'est seulement sous les Carolingiens qu'apparaissent les premières œuvres littéraires des trouvères la plupart originaires de l'Artois et de la Picardie.

Le théâtre français va trouver sa formule dans les mystères écrits et joués par les confrères de la Passion, les basochiens et les clercs du moyen-âge qui, dans leur foi robuste et naïve, savaient si bien allier le merveilleux et le réel.

Peu après, les acteurs y mêlèrent des farces qui amusaient le peuple et qu'on nomma le *jeu des pois pilés*.

De son séjour malheureux en Italie, François Ier ramène l'esprit de la Renaissance qui s'implante chez nous et y règne souverainement au détriment de notre art alors si purement national.

Les troubles produits par la Renaissance furent aussi profonds dans la littérature que dans la peinture et la sculpture. J'ajouterai que la lutte fut bien plus inégale pour les littérateurs soumis à un contrôle rigoureux et étroit.

La renaissance italienne coïncide avec la mort du théâtre français.

Pourtant, la Comédie italienne n'est, au fond, autre chose que nos anciennes soties.

Quoi qu'il en soit et sans vouloir ergoter sur ce point, l'influence de la Comédie italienne sur les destinées de notre théâtre est certaine. On la retrouve chez Scudéry, Mairet, Scarron dont les œuvres sont dans le goût italien remplies de madrigaux subtils, de pointes et de jeux de mots.

FIG. 3 — La Naissance de l'Enfant Jésus (Acte 1ᵉʳ)
(Cliché Léguillier).

FIG. 4. — La Naissance de l'Enfant Jésus (la crèche)
(Cliché Léguillier).

FIG. 5. — La Naissance de l'Enfant Jésus (apparition de l'Ange)
(Cliché Léguillier).

FIG. 6. — La Naissance de l'Enfant Jésus (arrivée de Lafleur)
(Cliché Léguillier).

Mais le génie français a cela de particulier que dès qu'il met son empreinte sur une formule d'art, il la résume si adroitement, l'approprie si merveilleusement à son tempérament que toute trace originelle disparaît.

Au contact de notre génie, Polichinelle s'assouplit, s'affine et conquiert ses grandes lettres de naturalisation dans notre beau pays de France.

Ainsi, par évolutions successives, notre théâtre retrouve sa suprématie avec Molière qui personnifie la Comédie française à son apogée.

Pardonnez-moi cette esquisse rapide. Elle était nécessaire pour mettre les choses au point et montrer que la tradition n'a guère varié.

Les bouffonneries de tous les temps se ressemblent et les joueurs d'aujourd'hui répètent ce que disaient ceux d'autrefois. C'est que l'esprit ne change pas mais se renouvelle suivant les époques comme les fleurs suivant les saisons.

Telle qu'on la joue de nos jours, la bouffonnerie est une sorte de macédoine de tous les vieux contes et légendes, — seule culture intellectuelle de nos ancêtres, — assaisonnée de tous les ragots et potins de la vie domestique et locale, mis à la scène sinon avec un art, du moins avec une verve et un esprit véritablement étourdissants.

La verve et l'esprit ne sont-ils pas les qualités naturelles du picard et de son patois qui est le langage officiel, diplomatique des bouffonneries ?

Dans une même scène comique, il n'est pas rare, en effet, de voir, par exemple, une fable de Lafontaine soudée à un conte de Perrault, relié à son tour à un

3

épisode d'une comédie de Molière, la couleur locale brochant sur le tout grâce au choix des personnages exclusivement pris dans le milieu picard.

Quelques auteurs ont *écrit* un certain nombre de bouffonneries tirées de leur propre cru. Permettez-moi de rappeler à votre mémoire la spirituelle saynète picarde intitulée : *Ch' nana*, dont notre ami et collègue, M. Gédéon Baril, le doyen des patoisants, qui excelle dans ce genre, vous donnait la primeur il y a deux ans.

A part ces productions de date récente, il n'existe pas de répertoire écrit de ces scènes comiques.

Comme les atellanes, avec lesquelles on a pu voir les nombreux points de rapprochements, elles sont généralement improvisées.

Quelques minutes avant le lever du rideau, les joueurs se sont concertés sur la marche du canevas qu'ils suivront comme ils pourront, à bâtons rompus, difficilement ou pas du tout.

Mais qu'importe. Le joueur qui tient en mains les fils de son cabotin n'est jamais embarrassé. Il sait se tirer de la situation la plus compliquée, la plus ris-risquée, la plus pénible dans laquelle l'a conduit une réplique ou une question de son collègue.

Le contact des fils produit sur lui une sorte de commotion qui fait jaillir l'éclair, c'est-à-dire l'esprit, et provoque sa verve désormais intarissable.

Ne demandez pas au joueur, au hasard d'une rencontre, de vous improviser quelqu'une de ces *bouffondries* dont il a la tête pleine. Le bonhomme resterait muet. Pour lui délier la langue, il lui faut ses cabotins, sa rampe, ses planches, son auditoire

avec lequel un certain fluide le met en communica-
tion, en un mot l'ambiance de son théâtre.

C'est que la pièce ne se joue pas seulement du
côté des spectateurs mais aussi et bien plus véritablement dans les coulisses où les joueurs, dont l'attention n'est pas retenue par la lecture, sont tout entiers
à l'action et vivent leurs personnages.

Dans cette joute de l'esprit, il faut les voir se
tâter, s'amadouer, se prendre, se dégager, fuir,
revenir de nouveau, tantôt se faisant doux, tantôt se
menaçant de la main restée libre ou bien ouvrant
des yeux qui, pardonnez-moi le dicton, s'ils étaient
des pistolets auraient vite raison de leur homme,
puis charger et finir en pouffant de rire sur un trait
parti comme une fusée.

Grâce à leur improvisation, les bouffonneries
varient à l'infini, suivant l'état d'âme, les dispositions
de la personne chargée d'interpréter le rôle du
grand maître de céans : le sympathique et légendaire
Lafleur.

Si Polichinelle et ses congénères sont, pour la
plupart, grotesques et contrefaits, Lafleur, au contraire, respire la force et la santé. Il a du sang de
titan dans les veines.

Dans son étude sur *le patois picard et Lafleur*,
M. Daussy, notre collègue regretté, en a tracé le
portrait suivant :

« Il est toujours jeune, privilège bien envié de
ceux qui ne le sont plus, grand, fortement charpenté,
remarquablement jambé. Il a le visage plein, le teint
coloré, la bouche rieuse, la physionomie ouverte.
Il porte imperturbablement, car l'anachronisme ne

l'effraie point, le costume du 18ᵐᵉ siècle, chapeau à claque bordé de rouge, habit à la française, jabot, gilet fond blanc à grands ramages, bas blancs qui recouvrent de vigoureux mollets et larges souliers ferrés, singulièrement redoutables. N'oublions pas sa coiffure : il a gardé la queue, sa grande queue rouge en trompette ; voilà pour le physique.

« Au moral, il a, comme valet, les vices de son état. Sa probité n'est point d'une délicatesse excessive, cependant il n'a jamais été en prison et pour cause. Il est menteur. Il aime à boire, à bien manger : rien ne saurait calmer son appétit... Il est toujours gai, toujours en belle humeur. Il pétille d'esprit, cela va sans dire... Il parle le picard à pleine bouche.

« Notez que malgré ses vices, ce paysan, ce valet n'est pas vil. Au contraire, la fierté native du Picard est un de ses traits dominants. Il est, sous ce rapport, en communauté parfaite de sentiments avec ses spectateurs qui ne toléreraient pas que Lafleur se trouvât déshonoré. Il faut toujours qu'il ait définitivement le dessus. Règle générale, toute scène de Lafleur se termine par l'intervention des gendarmes. (Fig. 9).

« Lafleur lève alors son pied vainqueur et la jambe tendue, la pointe du pied à la hauteur de l'œil, s'élance sur les représentants de l'autorité, les frappe au visage, les culbute et les met en fuite. Ainsi finit invariablement la Comédie. »

La tradition s'est ainsi perpétuée. Le théâtre étant sa maison, Lafleur entend être le maître chez lui. A la demande d'Hérode qui désire savoir ses nom et qualités, il répond : « Mi, j'sus Lafleur, prance de

l' Pleinmette, comte de l' cœuchie d' Sant-Leu, roi de
l' ville d'Anmiens, eimpereur de l' gaieté picarde ! »

Maccus est un paysan maladroit, gourmand, sensuel,
soumis aux tribulations les plus risibles ; il paye
pour autrui et se fait rosser pour les coupables. Il
arrive à Polichinelle mainte mésaventure et maint
dommage à la grande joie des spectateurs. Lafleur,
au contraire, par sa ruse, par son esprit, par sa
plastique, domine et commande.

Pour imposer le respect, il n'a nul besoin de la
batte ou du bâton. Ses poings suffisent. Il trouverait,
du reste, déloyal et traître de ne pas combattre à
armes égales.

Quelques changements ont été introduits dans le
costume de Lafleur. Les bas blancs, — effet de
l'usure ou caprice de la mode, — ont été remplacés
par d'autres à raies blanches et rouges. Il a troqué
son habit à la française contre le simple veston. Les
couleurs éclatantes de son gillet sont maintenant
déteintes.

Dans le personnel, le gendarme figure encore,
mais les *cadoreux* ou sergents de ville qui ont donné
naissance au refrain populaire :

> Ah ! disez-mé avu vo capieux
> Combien qu'os êtes d' cadoreux (1)

ont disparu depuis quarante ans.

Pandore est aujourd'hui suivi du garde-champêtre
et de soldats, selon les ressources en personnel du
directeur.

Lafleur est le type nécessaire, indispensable à la

_____

(1) *Étude picarde sur Lafleur*, voir les rondes et couplets.

bouffonnerie picarde. Créé pour elle, celle-ci ne
tient, ne vit que par lui. Les autres personnages ne
sont que des comparses, amenés au hasard des circonstances, pour donner du corps aux saillies de
Lafleur (Fig. 10).

Les partenaires de celui-ci sont généralement peu
nombreux :

C'est, tout d'abord, sa femme Sandrine, le type de
la ménagère picarde, jalouse, criarde parce qu'elle
aime bien son mari, l'aimant davantage le samedi,
jour de la paye, malheureusement trop souvent
écornée par son gredin d'homme, d'où la guerre
dans le ménage.

Puis vient Blaise qui fait commettre à Lafleur
toutes les bêtises et toutes les bévues. Blaise est
l'idée qui jaillit ; Lafleur le bras qui exécute. Leur
amitié n'a rien de semblable à celle des types classiques, Oreste et Pylade, Cocardasse et Passepoil.
Elle est plus étroite et pour ainsi dire tutélaire de la
part de Lafleur qui protège Blaise parce qu'il est de
son devoir de secourir les faibles.

Viennent ensuite, le patron, la patronne, type de
bourgeois bien rentés, devenus les ennemis au
contact des idées du siècle ; la servante, plus maî-
tresse que sa patronne, enfin le gendarme, le garde-
champêtre, les soldats représentant l'autorité bafouée,
méconnue, jadis seulement aux cabotins.

Ne récriminez pas sur le nombre restreint des
rôles. Lafleur vous répondrait : « qu'i n' feut mie
cheint personnes pou foire ein d'mi-quarteron. »

Et ce demi-quarteron abat de la besogne chaque
soir.

Le caractère de la bouffonnerie n'a guère varié.
On ne saurait trouver une définition meilleure que
celle de Marmontel : « La bouffonnerie est une
exagération du comique et du plaisant. » J'ajouterai
qu'elle est, pour les enfants, l'école du rire.

Dans mon *Étude picarde sur Lafleur*, j'ai résumé,
autant que cela m'a été possible, les bouffonneries
les plus typiques et, en quelque sorte, classiques aux
cabotins. Je n'y reviendrai donc pas aujourd'hui.

Baissons, si vous le voulez bien, la *toile* sur Lafleur
que nous retrouverons plus loin et dont nous essaie-
rons de fixer l'origine probable.

* *

Le rideau est à peine relevé que déjà le crincrin
grincheux, fidèle au poste, fait entendre, intermi-
nable et capable de faire hurler un caniche, une mé-
lopée au son de laquelle vont défiler *les bélamor-
phoses*, style des cabotins, et la théorie des jongleurs,
acrobates, danseurs, etc.

Les métamorphoses sont des caricatures grotesques, le plus souvent conçues et exécutées par le
directeur ou quelquefois de simples images décou-
pées et renforcées.

Le truc d'une métamorphose est peu compliqué.
Il se compose de deux morceaux de carton, le second
ayant la moitié de la grandeur du premier auquel il
est attaché par une bande de toile faisant charnière.
Chaque caricature ou image est collée mi-partie sur
la moitié du premier carton et mi-partie sur l'endroit
ou l'avers de l'autre.

Au moment psychologique, annoncé par un coup

de pied frappé sur le plancher de la scène, le changement de la première figure s'opère à vue : la mère Michel, par exemple, se transforme en éléphant, d'où le nom de métamorphoses.

Cette scène ne nous offre rien de bien particulier au point de vue local. Elle nous fait seulement connaître, notamment en ce qui concerne les cabotins jongleurs, danseurs, acrobates, etc., les progrès merveilleux accomplis dans l'art industriel de la marionnette.

*
* *

La représentation touche à sa fin. Les spectateurs, les jeunes surtout, un œil dans la nuit, l'autre écarquillé sur le rideau, réclament à grands cris le point de vue, dernière étape de la récréation.

Le point de vue se montre soit en ombres chinoises, soit à pleine scène, comme une pièce ordinaire, mais avec décors *ad hoc* agencés pour la circonstance.

On a prétendu qu'il se montrait encore d'une autre façon et que cette manière d'opérer avait amené son auteur sur les bancs de la correctionnelle. Mais le point de vue de Zacharie ne relève que de la légende.

On ne peut se faire une idée des ressources nombreuses dont doit disposer un théâtre de cabotins en ce qui concerne les trucs et machinations nécessaires à la représentation d'un point de vue.

Qu'il s'agisse de *la Tentation de saint Antoine*, dont les milliers d'auditions n'ont pas éteint le succès, où les diables viennent directement de l'enfer, c'est-à-dire par les trappes pour saper la maison de l'ermite, ce pendant que l'ange crève la nue et des-

Fig. 7 — La Naissance de l'Enfant Jésus (le roi Hérode)
(Cliché Léguillier).

Fig. 8. — La Naissance de l'Enfant Jésus (Hérode et sa femme)
(Cliché Léguillier)

FIG. 9. — Lafleur rossant les gendarmes
(Cliché Léguillier).

FIG. 10. — Une bouffonnerie
(Cliché Léguillier).

cend consoler le bon moine ; qu'il s'agisse de *Paul et Virginie* dont le dénouement est si impressionnant : la mer calme tout d'abord puis, sous l'action du vent devenant furieuse, démontée, déferlant ses vagues et engloutissant le superbe petit vaisseau, ces pièces exigent un matériel considérable et une parfaite connaissance de la mise en scène.

Aussi ne saurait on reprocher aux directeurs de n'avoir qu'un répertoire très restreint dans ce genre.

Le Pont Cassé est l'un des points de vue le plus en faveur auprès du public, Cette pièce, de Séraphin, le célèbre directeur d'ombres chinoises, fut donnée pour la première fois, à Paris, en 1784, dès l'ouverture de son théâtre. Son succès lui a fait franchir la capitale et nous la retrouvons, dans nos soirées de cabotins, non seulement en ombres chinoises, mais avec décors représentant un paysage traversé par une rivière sur laquelle est jeté un pont dont une arche est brisée. Sur la droite et, dans un plan reculé, on aperçoit une enseigne de cabaret. Le cadre est coquet et joli et le cabotin articulé figurant le petit gars, qui chante en manœuvrant habilement la pioche pour jeter à l'eau le tablier, est d'un naturalisme achevé.

Aux cabotins, le *Pont Cassé*, comme la plupart des pièces dont le directeur ne possède pas le livret, se joue de mémoire. Si le thème reste le même, les scènes varient chaque soir.

Du reste, voici cette pièce, telle qu'elle a été donnée à la première représentation.

LE PONT CASSÉ

LE PETIT GAS. — Tralalalalaire, tirelirelaire. — Oh ! oh ! il est encore de bonne heure et l'on n'aperçoit pas un chat dans la campagne. Je suis le premier levé. Allons, mettons-nous vite à l'ouvrage et, pour faire passer le temps plus vite, en avant la petite chanson. Tralalalalaire.

(Tandis qu'il pioche avec ardeur, arrive précipitamment, à l'extrémité opposée du pont, un voyageur qui s'arrête subitement en voyant que le pont est rompu).

LE VOYAGEUR. — J'allais faire une belle affaire avec ma précipitation ; un pas de plus et j'étais lancé dans la rivière. On m'avait pourtant dit que c'était le chemin le plus court pour aller à la ville voisine, mais on ne m'avait pas dit que le pont était en ruines et que je ne pourrais passer par dessus. Cap de Dious ! cela me retarde bien et je ne sais à qui m'adresser..... Ah ! mais j'aperçois, de l'autre côté, un jeune garçon. Je vais m'adresser à lui. (Il l'appelle) Ohé ! l'ami !

LE PETIT GAS (arrêtant de piocher et levant la tête). — Qui m'appelle ?

LE VOYAGEUR. — Hé donc ! c'est moi, mon petit bonhomme. Pourrais-tu me dire si la rivière est profonde ?

LE PETIT GAS (chantant).

> Les cailloux touchent la terre
> Lire lire laire (bis)
> Les cailloux touchent la terre
> Lire lon pha ! (1)

LE VOYAGEUR. — Eh ! troun de l'air, je le sais bien et tu ne m'apprends là rien de nouveau. Mais, dis-moi l'ami ?

LE PETIT GAS. — Hé ! Monsieur ?

(1) Aux cabotins, après ces mots : lire lon pha ! le petit gas ajoute, en scandant chaque syllabe et en donnant un coup de pioche : Eh ! zingue la. A chaque fois une pierre se détache et va rouler au fond de l'eau.

LE VOYAGEUR. — Dis-moi donc, mon petit, si je pourrais passer l'eau ?

LE PETIT GAS. — Tiens, cette bêtise, pourquoi ne la passeriez-vous pas ?

> Les canards l'ont bien passée
> Lire lire laire, etc.

LE VOYAGEUR. — Hé ! dis donc, là-bas, le mal appris, est-ce que tu me prends pour un canard ?

LE PETIT GAS (*sautant et riant*). — Oh ! que nenni ! vous me faites plutôt l'effet d'un gros dindon.

LE VOYAGEUR. — Voyez un peu l'impertinent. Mais cela c'est jeune et cela veut rire .. Hé ! l'ami !

LE PETIT GAS. — Hé ! Monsieur ?

LE VOYAGEUR. — Pourrais-tu me dire à qui appartient cette belle maison que je vois là-bas ?

LE PETIT GAS. — A qui elle appartient ? Pardine, faut pas être malin pour ça :

> Elle appartient à son maître,
> Lire, lire laire, etc.

LE VOYAGEUR. — Lire lon pha ! Lire lon pha ! Hé ! l'ami ?

LE PETIT GAS. — Hé ! Monsieur ?

LE VOYAGEUR. — Y vend-on du vin, au moins, dans cette maison ?

LE PETIT GAS. — Si on y vend du vin ?

> On en vend plus qu'on en donne,
> Lire lire laire, etc.

LE VOYAGEUR. — Bagasse ! je voudrais savoir s'il est bon ?

LE PETIT GAS. — S'il est bon ?

> Si bon qu'il se laisse boire,
> Lire lire laire, etc.

LE VOYAGEUR. — Je commence à croire, décidément, que le petit drôle se moque de moi. Il faut que je sache son nom afin de me plaindre aux autorités. Hé ! l'ami ?

Le petit gas. — Plaît-il, mon bon Monsieur ?

Le voyageur. — Dis-moi, mon joli pétit, comment est-ce que tu te nommes ?

Le petit gas. — Tiens ! vous voulez savoir mon nom ? Hé ! qu'est-ce que vous voulez en faire de mon nom ?

Le voyageur. — Hé ! dis toujours, tu le verras.

Le petit gas. — Eh bien ! Monsieur :

> Je m'appelle comme mon père,
> Lire lire laire, etc.

Le voyageur. — Oh ! tu t'appelles comme ton père, bagasse, pétit farceur. Eh ! tu te crois bien malin, mais je vais t'y prendre. Hé ! l'ami ?

Le petit gas. — Plaît-il, Monsieur ?

Le voyageur. — Dis-moi donc, mon pichoun, comment s'appelle ton père ? Hé ! donc, te voilà pris, Comment te tireras-tu de celle-là ?

Le petit gas. — Vous voulez savoir comment s'appelle mon père ? Vous croyez me tenir, pas vrai ?

Le voyageur. — Eh ! oui, sans doute que je te tiens.

Le petit gas. — Pardine, mon bon Monsieur... le nom de mon père.

> C'est le secret de ma mère,
> Lire lire laire, etc.

Le voyageur. — Oh ! le pétit drôle. Mais je m'aperçois que je perds mon temps et que je n'arriverai jamais à mon rendez-vous. La journée s'avance, (tirant sa montre) Troun de l'air ! ma montre elle est arrêtée.. Oh ! mais ce petit bonhomme ne refusera pas de me dire l'heure qu'il est. Hé ! l'ami ?

Le petit gas. — Quoi que vous me voulez, Monsieur ?

Le voyageur. — Dis-moi donc, mon pétit, ma montre ne marche pas et je voudrais bien savoir l'heure : peux-tu me la dire ?

Le petit gas. — Oh ! je crois bien, Monsieur, j'ai une excellente montre et à répétition encore.

Le voyageur. — Ah ! tu as une montre à répétition ?

Le petit gas. — Oui, Monsieur, tenez, regardez :

Voilà le cadran solaire,
Lire lire laire, etc.

Le voyageur. — Voyez-vous le polisson ! Attends, attends, pétit insolent, je vais t'en donner d'une drôle de ton cadran solaire. Mais j'aperçois un batelier... (Il appelle) Holà, hé ! du bateau ! Veux-tu me faire passer l'eau mon ami ?

Le batelier. — Tout de même. Descendez par ici, not' bourgeois. (Il passe la rivière).

Le voyageur. — Dites-moi donc, mon cher, qu'est-ce donc qu'un pétit polisson qui travaille à l'autre bout du pont et qui, à toutes les questions qu'on lui fait, ne répond que par des : lire lire laire, lire lon pha !

Le batelier. — Oh ! pardine, not' bourgeois, c'est un méchant gas qu'il n'en faudrait pas beaucoup de cette graine-là.

(Au moment où le bateau arrive au dessous de l'arche démolie, on entend le petit gas dire en jetant des pierres avec sa pioche : Gare l'eau ! Gare l'eau !)

Le batelier, hors du tableau. — Voyez-vous le mauvais garnement ? Mais nous voilà abordés, not' bourgeois.

Le voyageur, de même. — Tiens, mon ami, je suis content de toi, voilà deux sous pour ta peine.

Le batelier. — V'là-t-il pas une belle régalade ?

Le voyageur. — Eh ! de quoi te plains-tu ? Si j'avais su, je n'aurais pas été si généreux

(Le petit gas qui n'a pas cessé de piocher, s'arrête et jette les yeux de l'autre côté du pont).

Le petit gas. — Tiens, où donc est-il passé ? Je ne le vois plus, ce Monsieur, c'est dommage, il m'amusait.

Le voyageur, arrivant sur lui, la canne levée. — Ah ! je t'amusais, drôle. Je vais t'en donner de l'amusement sur lequel tu ne comptais pas. (Il s'avance et lui applique plusieurs coups de canne). Tiens ! Tiens ! Tiens ! En veux-tu ? en voilà ! Voici, mon pétit, pour t'apprendre à me chanter : lire lon pha. C'est le secret de ma mère. Tiens, encore... Pan, pan.

Le petit gas, criant et se défendant avec sa pioche. — Veux-tu bien finir ? Grand lâche, qui bat un enfant.

LE VOYAGEUR. — J'ai cassé le verre de ta montre à répétition, sans doute ? C'est fâcheux, mais tu te souviendras de la leçon. (*Il sort*).

LE PETIT GAS, *courant après lui.* — Oh ! si je t'attrape, tu auras à faire à moi..

Sur cette correction appliquée à l'impertinent petit gas finit la représentation.

LAFLEUR EST-IL PICARD ?

❖ ❖ ❖

II

Au cours de ce travail, j'ai promis, imprudemment, peut-être, d'essayer de fixer la généalogie de Lafleur.

Pour mener à bien cette tâche difficile, il m'est nécessaire de faire un retour en arrière.

Notre confrère Charles Nodier (1), qui aima tant les marionnettes, affirme que la plus ancienne d'entre elles fut la première poupée mise aux mains d'un enfant.

Cette affirmation est juste. Depuis que par la grâce de sa fonction sociale, la femme nous donne ces chers bambins qui sont notre joie, aussi notre espoir, le premier souci des mères a été d'amuser leur progéniture

Une tradition, conservée de nos jours dans les campagnes, consiste à fabriquer d'un linge ou torchon roulé une « catin » qu'on articule avec les doigts de la main. La facilité avec laquelle cette « catin » est réduite à néant et la nécessité de la rétablir à tout moment, n'auraient-elles pas donné naissance à la poupée de bois plus résistante et plus commode ?

Je ne serais pas éloigné de le croire ?

(1) *Revue de Paris*, novembre 1842 et mai 1843.

Quoi qu'il en soit, il est certain que du jour où l'homme a su façonner l'outil capable d'entailler le bois, la statuaire prit naissance et avec elle le jouet que nous désignons aujourd'hui sous le nom de marionnette.

Je ne m'attarderai pas à chercher avec le savant et érudit Charles Magnin (1) si l'on peut, sans exagération, donner le nom de marionnettes aux statuettes à ressorts dont les Egyptiens se servaient dans leurs rites et aux jouets animés, soit de tête soit des bras, trouvés dans leurs tombeaux.

Les marionnettes étaient-elles connues des Grecs ? Magnin croit en fournir la preuve dans le récit du fameux banquet de Callias, donné en l'honneur d'Autolycus où, parmi les divertissements qu'il offrit à ses hôtes, il aurait fait venir un Syracusain montrant trois marionnettes très perfectionnées : une danseuse, une joueuse de flûte et un joueur de cithare.

C'est par une méprise plus qu'étrange que Magnin a pris pour des marionnettes les personnages en chair et en os dont parle Xénophon dans le *Banquet*, ch. II et IX. Les passages suivants en font foi, sans qu'il soit besoin de les commenter :

« Dès qu'on a retiré les tables, fait les libations et chanté le péan, il entre, comme divertissement, un Syracusain, suivi d'une excellente joueuse de flûte, d'une danseuse merveilleuse par ses tours, d'un garçon fort joli, jouant de la cithare et dansant à ravir. L'homme qui faisait voir ces merveilles en tirait de l'argent. Quand la joueuse de flûte eut assez

---

(1) Charles MAGNIN : *Histoire des Marionnettes.*

flûté, le cithariste assez joué de la cithare, et que tous deux parurent avoir suffisamment amusé... »

« On apporte ensuite un cerceau garni d'épées, la pointe en haut : la danseuse y entre par une culbute et en sort par une autre, de manière à faire craindre aux spectateurs qu'elle ne se blesse, mais elle achève ses tours avec assurance et sans accident. »

« Le jeune garçon se met à danser. Alors Socrate : « Voyez, dit-il, comme ce beau garçon paraît encore plus beau, quand il prend des attitudes, que quand il est en repos. J'ai même remarqué qu'en dansant, nulle partie de son corps n'est demeurée inactive : cou, jambes et mains, tout était en mouvement ; c'est ainsi que doit danser quiconque veut avoir le corps souple. »

Ces 3 citations sont du ch. II.

On pourrait relever encore dans les autres chapitres de courts passages prouvant la même chose, et surtout citer tout le ch. IX encore plus significatif. Les soi-disant marionnettes y représentent au naturel le mariage d'Ariane et Bacchus. Après avoir préludé, au son de la flûte, par des gestes, des baisers, des « poses amoureuses et passionnées », des caresses fort vives, des serments d'amour dans la chambre nuptiale, la danseuse et le joli garçon ressemblaient, « à des amoureux impatients de satisfaire un désir qui les pressait depuis longtemps. Lorsqu'enfin les convives les virent se tenir enlacés et marcher vers la couche nuptiale, ceux qui n'étaient point mariés firent le serment de se marier, et ceux qui l'étaient montèrent à cheval et volèrent vers leurs épouses, afin d'être heureux à leur tour. »

4

Maccus dont nous avons parlé au chapitre de la bouffonnerie serait le plus ancien type connu de marionnettes. Il remonterait, d'après les uns à 350 ans, d'après les autres à 200 ans avant Jésus-Christ. On s'accorde généralement à le représenter comme l'aïeul, l'ancêtre duquel descendraient tous les autres types. Naturellement, il est affligé des deux bosses traditionnelles qui sont, paraît-il, les réservoirs de l'esprit.

KARAGUEUZ

Il nous faut faire un saut important dans l'histoire pour trouver trace d'une imitation de Maccus et nous transporter dans la capitale de la Turquie où

Karageuz fait les délices des habitants de Constantinople.

D'après Théophile Gautier (1), Karageuz (2), serait
tout bonnement la caricature d'un vizir de Saladin,
connu par ses déportements et sa lubricité et vivant
au temps des Croisades.

Dans le précieux manuscrit de Herrade de Landsberg (xiie siècle) aujourd'hui brûlé et ayant appar-
tenu à la bibliothèque de Strasbourg, on voyait une
miniature représentant deux très jeunes gens, se
tenant à chaque bout d'une table, et jouant aux
marionnettes figurées par deux chevaliers, un sabre
et un bouclier dans chaque main, suspendus à deux
cordes qui les traversaient par le ventre. En faisant
aller et venir les cordes ou simulait une sorte d'es-
crime. (3)

(1) Théophile GAUTIER, Constantinople.

(2) A propos de cette marionnette turque, je ne puis m'empêcher de signaler l'étonnant rapprochement qu'on ne peut man-
quer d'établir entre Karageuz et le mot picard catrabeuse.
Karageuz signifie : l'homme aux yeux noirs. Le catrabeuse picard
signifie : l'homme aux yeux bandés. Le jeu de colin-maillard est
désigné, en Picardie, sous le nom de catrabeuse et celui « qui en
est » c'est-à-dire l'enfant qui, les yeux bandés, doit courir et at-
traper les autres porte également ce nom. Pour éviter d'être pris
et « d'en être » à leur tour, les joueurs se sauvent en poussant le
cri de : Catrabeuse ! Catrabeuse ! — Enrôlés sous la bannière de
l'amiénois Pierre l'Ermite, nos nombreux compatriotes qui firent
partie de la première croisade, dont l'effort porta contre Constantinople, auraient-ils ramené ce mot de là-bas ? Je laisse à de plus
savants le soin de conclure.

(3) Dans mon enfance, je me rappelle avoir vu des montreurs
ambulants de marionnettes qui avaient quelque similitude avec
celles décrites dans le manuscrit de Herrade de Landsberg. Ces

C'est seulement au xiii⁰ siècle, dans une des pastourelles qui font partie de ce qu'on peut appeler le cycle de *Robin et Marion* que nous trouvons le nom de marionnette donné à la jeune et gentille Marion :

Hé ! Marionnette, tant aimée t'ai.

D'où vient ce nom ? Il est assurément dérivé de Marie dans le sens amical. Les gracieux synonymes de Marote (1), Mariote, Mariette, Marion, Marionnette étaient fréquents dans notre province.

Dans les solennités catholiques, afin d'impressionner les fidèles, il était d'usage de montrer les mi-

impresarios parcouraient les villes et les villages, traînant leur matériel composé d'un orgue de Barbarie, monté sur deux roues, au-dessus duquel se trouvait un compartiment renfermant des poupées qu'on faisait mouvoir en tournant la manivelle de l'instrument de musique. Cette manivelle actionnait une partie qui commandait le mécanisme dissimulé sous un plancher.

M. Rousseau de Forceville a pu sauver de la destruction une *Passion* fort curieuse, dont les sujets en bois, œuvres d'un *rédeur* sans doute, sont mis en mouvement par un jeu de ficelles très habilement et très ingénieusement disposées. (Voir fig. 12.)

J'ai trouvé à Breslé, dans la Somme, une boîte provenant sans doute d'un dessus d'orgue de Barbarie et contenant trois pupazzi, en bois sculpté, polychromées et dorées. Le sujet du milieu représente une sorte de magicien deux fois plus grand que le danseur et la danseuse qui paradent à ses côtés. Grâce au mécanisme qui est une véritable œuvre d'art au point de vue de la conception, ils s'agitent, dansent, font aller les bras, la tête, et roulent des yeux qui semblent exprimer l'effroi. Détail particulier : à l'aide d'une tirette bien distincte du mécanisme général, sans doute pour n'être montrée qu'à bon escient, la danseuse lève son tablier et laisse apercevoir, lui sortant des entrailles, un diable monté sur un bouc.

(1) Il existe, à Amiens, une rue Marote.

FIG. 12. — La Passion de M. Rousseau de Forceville

(Cliché Léguillier).

racles pour l'accomplissement desquels on se servait
de statuettes à ressorts, telles, par exemple, le cru-
cifix qu'on faisait mouvoir aux fêtes de Pâques, ou le
pigeon blanc qui, le jour de la Pentecôte, descendait
par une ouverture pratiquée dans la nef.

Le miracle, assurément le plus en honneur en
France, était celui de l'Assomption à la gloire de la
Vierge Marie. On sait combien était profonde, dans
notre pays, la dévotion à la mère de Dieu. La plupart de nos cathédrales sont placées sous le vocable
de Notre-Dame.

A Dieppe, notamment, les *mitouries de la mi-août*
étaient fort célèbres. Elles consistaient, dit M. Ernest Maindron, l'auteur du luxueux ouvrage : *Marionnettes et Guignols*, à qui nous empruntons ces détails,
en une pantomime à laquelle prenaient part prêtres
et laïques et dont le jeu était accompagné de figures
actionnées par des fils et des ressorts. Pour les représentations, on construisait, au chœur, une sorte
de théâtre dont la partie supérieure se fixait à la
voûte du temple.

Voici les renseignements d'une grande précision
que, dans ses *Mémoires chronologiques pour servir
à l'histoire de Dieppe*, publiés en 1785, Desmarquets
donne sur les *mitouries* :

« ..... Pendant toute la durée de cette messe
chantée en musique, on donnoit aux assistants une
représentation de l'Assomption de la Mère de Dieu,
à cet effet, on posoit tous les ans, au dessus de la
contre-table du chœur, une tribune dont le haut tou-
choit à la voûte de l'Eglise et étoit parsemé d'étoiles
sur un fond d'azur. Deux pieds environ au-dessus

de cette tribune, s'élevoit un grand siège sur lequel paroissoit le Père Eternel sous la figure d'un vénérable vieillard ; on voyoit à ses côtés quatre anges, de grandeur naturelle, qui sembloient se soutenir en l'air : ils faisoient battre leurs ailes en cadence au son de l'orgue et des instruments. Au-dessus de la figure du Père Eternel, il y avoit un triangle assez grand dont chaque angle étoit accompagné d'un ange de moindre grandeur. Ces trois anges, à la fin de chaque office, exécutoient un trio sur le chant de l'*Ave Maria gratia plena, per secula*, etc., au moyen de petites cloches de différents tons sur lesquels ils frappoient.

« Un peu au-dessous de ce triangle, on voyoit, de chaque côté, un ange de grande stature qui tenoit une trompette dont le son accompagnoit le trio exécuté par les trois petits anges. Enfin, au-dessous des pieds du Père Eternel, paroissoit, de chaque côté, un ange de grandeur naturelle qui tenoit un grand chandelier chargé d'un cierge qu'on allumoit à tous les offices ; mais quand ils étoient finis et qu'on vouloit éteindre leurs cierges, ces deux anges paroissoient n'y pas consentir, en se tournant avec vivacité de côté et d'autre pour l'empêcher, de sorte qu'il falloit employer la plus adroite précision pour y parvenir.

« On entretenoit un machiniste pour la perfection et la conduite des ressorts de toutes ces figures qui étoient un chef-d'œuvre de ce temps et la curiosité d'en voir l'effet amenoit beaucoup d'étrangers dans Dieppe.

« Quand on commençoit la messe, deux des quatre anges, qui étoient aux côtés du Père Eternel, descendoient majestueusement de leurs places jusqu'au pied de l'autel, où se trouvoit le tombeau de la Sainte Vierge contre lequel on avoit placé, pour la représenter, une figure de grandeur naturelle dans laquelle il y avoit également des ressorts. Dès que les deux anges étoient descendus jusqu'à cette figure, chacun, de son côté, l'élevoit très-lentement jusqu'aux pieds du Père Eternel. Pendant cette Assomption, cette figure de la Vierge levoit les bras et sa tête de temps à autre pour témoigner son désir d'être au ciel, A peine étoit-elle parvenue aux pieds du Père Eternel qu'il lui donnoit sa bénédiction et aussitôt posoit une couronne sur la tête de Marie et cette Reine des Anges disparoissoit peu à peu, cachée dans un nuage... »

Il est assez probable que le nom de marionnettes ait été primitivement donné à ces statuettes de la vierge Marie puis se soit généralisé à toutes les autres et de là aux vulgaires cabotins.

Dans tous les cas, la première mention du mot marionnette, pris dans l'acception d'un jeu scénique, se trouve dans les *Sérées* (1) de Guillaume Bouchet, sieur de Brocourt. Ce livre est un recueil d'historiettes facétieuses roulant sur les sujets les plus divers. Il est daté de Poitiers, 15 avril 1584 et dédié à Messieurs les marchands de cette ville.

Dans la 18ᵉ *sérée* qui traite des boiteux, des boiteuses et des aveugles, on lit : « Et pour luy prou-

---

(1) Soirées. Ce mot est encore usité dans certains villages du Ponthieu. Voir : *Ein molet d'patois : Ch' Crachet*, Robert de Guyencourt.

ver que les contrefaits et boiteux estoient à bonne
cause reputez malicieux, luy vont dire que la façon
de cheminer des meschants estant tortuë, qu'ainsi
hiéroglyfiquement les pieds et iambes gauches signi-
foient des esprits malings et mauvais. Et qu'on trouvoit toujours aux badineries, bateleries et *marionnettes*, Tabary, Jean des Vignes et Franc-à-Tripe,
toujours boiteux et le badin ès-farces de France
bossu : faisans tous ces contrefaits quelque tour de
champicerie sur les théâtres. » (1)

Quel est ce personnage « badin ès-farces de France,
bossu » ? M. Ernest Maindron estime que Guillaume
Bouchet a voulu désigner Polichinelle.

Bien que les documents ne nous permettent pas
encore de fixer exactement l'époque de l'apparition
des premiers théâtres de marionnettes en France, il
est à croire qu'ils sont bien antérieurs au xvie siècle,
c'est-à-dire à ceux dont parle l'auteur des Sérées.

D'où vient Polichinelle? L'Italie le revendique et
Georges Sand lui concède cet honneur. Magnin dit,
au contraire, qu'il est « un type entièrement national
et l'une des créations les plus spontanées et les plus
vivaces de la fantaisie française. »

Laissons les savants se disputer à ce sujet. Notre
spirituel collègue, M. Thorel, n'a-t-il pas dit, ici-
même, qu'on pouvait très bien vivre sans acte de
naissance. Polichinelle nous fournit la démonstration
la plus palpable de cette vérité. J'ajouterai que son

---

(1) Les Sérées de Guillaume Bouchet, sieur de Brocourt, divi-
sées en trois livres. A Lyon, chez Pierre Rigaud, rue Mercière,
1618. La 18e sérée se trouve au livre II, page 147. Bibliothèque
d'Amiens, n° 2.457.

mérite n'est pas banal puisqu'il a pu, sans état civil, sans autre bagage que ses dons naturels de verve, d'esprit et de gaieté, braver le temps, défier l'oubli et conquérir ses grandes entrées sur les principales scènes du monde.

Comme son ancêtre Maccus, il montre deux énormes bosses, a le nez crochu comme le bec d'un oiseau de proie, et porte de grosses chaussures, reliées sur le cou-de-pied, ayant quelque ressemblance avec nos sabots modernes.

Si l'arrivée ou la création de Polichinelle, en France, demeure obscure comme sa naissance, on sait tout au moins qu'il faisait déjà parler de lui, à Paris, sous Mazarin. Tour à tour satirique, frondeur, railleur, sa verve ne pouvait mieux se donner libre cours qu'à l'époque trouble de la Fronde :

> Je suis Polichinelle
> Qui fait la sentinelle
> A la porte de Nesle,

dit-il, sous forme de signature, dans une lettre à Mazarin, datée de 1649.

Les théâtres de marionnettes étaient très en honneur, à Paris, sous Louis XIV et nous voyons ce monarque engager, à raison de vingt livres par jour, François Datelin, dit Fanton Brioché, *fils de son père*, pour donner, à Saint-Germain-en-Laye, des représentations en présence du Dauphin.

Les succès de Polichinelle, dans la capitale, furent si grands que l'Académie de musique, effrayée de la concurrence de ces théâtres, demanda et obtint le retrait du privilège qui leur était accordé (1). Sur

(1) *Molière, sa vie et ses Œuvres*, par Jules Claretie.

les énergiques réclamations de l'Opéra, La Grille, directeur de la *Troupe royale des Pygmées*, dut fermer boutique et changer de quartier pour ouvrir son *théâtre des Bamboches*.

PUNCH

Pendant un certain temps, les impresarios restèren confinés dans Paris, mais assoiffés de gloire, ils firent des tournées dans la province et même à l'étranger où les lauriers furent aussi nombreux.

Comme les gens heureux, Polichinelle devait susciter les jalousies, provoquer les compétitions, faire naître la concurrence, suggérer l'imitation sinon même la contrefaçon.

Nous le trouvons, avec le même physique agréable,
sous les noms de *Pulcinella*, en Italie, de *Polichinelle*,
en France et quelque peu anobli en Espagne et en
Portugal sous celui de *dom Cristoval Pulichinella*.
Chacune de ces nations se contente de lui inculquer
son génie propre.

WOLTJE

Moins heureux à l'étranger, il perd la plupart de
ses grelots, son costume multicolore, son nez fin et
allongé, son menton à galoches et même jusqu'à son
nom qu'il échange contre ceux de *Punch* (1) en An-

(1) *Punch*, de Punchinello ; son origine remonterait au règne
de Charles II, soit vers 1670.

gleterre, *Woltje* (1) en Belgique, *Hans Pickel-haring* (2) en Hollande, *Hanswurth* (3) en Allemagne et *Casperl* (3) en Autriche.

CASPERL

(1) *Woltje*, du mot flamand Waaltje, signifiant *petit wallon*. S'intitule aussi : Poechenelle bruxellois.

(2) *Hans Pickelharing* ou Jean Hareng Salé, remonte au xviie siècle. *Jean Klaassen* ou *Jean Nicolas* qui lui a succédé, s'inspire davantage du Polichinelle français.

(3) *Wurst* = saucisson. *Bluswurst* = boudin ; textuellement saucisson de sang. *Hanswurst* ou *Jean Boudin*. Le mot Hanswurst se trouve pour la première fois et sous la forme Hans Worst (bas allemand = Wurst) dans une traduction du *Narrenschiff*

Là ne devaient pas s'arrêter les déboires de
Polichinelle.

Mise en appétit par les succès des troupes de passage, la Province, à son tour, piquée d'amour-
propre, va, s'emparant de l'idée créatrice, prétendre
à l'honneur d'avoir son type à elle, reflétant son

(= bateau des fous) de Sebastian Briant, né à Strasbourg en 1458
et décédé dans cette ville en 1521. Dans l'original du Narrenschiff,
on lit Hans Mist (= Jean Fumier). Luther emploie ce mot dans
son « admonestation au clergé, » (Vermahnung an die Geistlichen,
1530) et dans un pamphlet dirigé contre le duc de Braunschweig-
Wolfenbüttel et intitulé : *Wider Hanswurst* ; contre Hanswurst.
— Hanswurst, qui demeura pendant des siècles le favori du
peuple allemand, improvisait ses rôles. A l'origine, il représentait
un paysan stupide, rusé, comme il s'en trouve dans les scènes de
carême des xve et xvie siècles. La figure de Hanswurst prit sa
forme définitive sous l'influence de l'arlequin italien (arlecchino)
et du clown anglais qui fut créé au commencement du xvie siècle.
On trouve le clown anglais dans la tragédie. Shakespeare en fait
souvent usage, mais son clown n'est pas un personnage stéréotype ;
il change selon les situations. Hanswurst jouissait de tant de
faveur auprès du public qu'en 1760, à Vienne, on changea en ce
personnage, le valet Norton de *Miss Sara Sampson*, de Lessing,
tragédie en 5 actes (1755), qui fut traduite en français en 1764 et
jouée, la même année, à Saint-Germain, chez le duc de Noailles, devant le duc de Choiseul et les nobles dames et messieurs de la
Cour. Peu à peu Hanswurst perdit du terrain. Mais Justus Möser
(1720-1794) et le grand poète Lessing (1729-1781) s'en firent les
défenseurs. Malgré tout, il avait la vie la plus dure à Vienne où il
ne fut définitivement chassé des plus grandes scènes que vers 1770.
Le nom seulement avait disparu. Il revint et s'appela : *Kasperle*,
Larifari, *Staberl*, *Lipperl*, *Thaddäll*, etc. — KASPERLE, dimi-
nutif de Kasper, Kaspar, tire son nom de la personne comique des
scènes où sont mis en action les trois rois mages au nombre desquels figure Gaspard, roi de Tharse et des Iles. Aujourd'hui
Hanswurst et Kasperle ne sont que des marionnettes. — A Vienne

esprit local et particulier. Et c'est ainsi qu'apparaîtront, dans la suite, le *Lafleur* picard, le *Guignol* lyonnais, le *Jacques* lillois, etc. (1).

Il est tellement évident que ces diverses créations se rapportent à un type unique, qu'on pourrait leur appliquer indifféremment tels portraits tracés par différents auteurs.

Examinons très attentivement la question, non au point de vue physique où ils seraient trop facilement reconnaissables, mais au point de vue moral :

« Il est d'humeur tendre et de tempérament gaulois. Il ne fait pas fi d'une bonne chopine. Il n'est pas indifférent aux charmes de la mère Gigogne…. Son

on trouve plusieurs *Kasperle-Theater* au *Prater*, le bois de Boulogne des Viennois. A Berlin, il n'y a pas de Kasperle-Theater fixes. Pendant l'été, dans les vastes jardins des restaurants très fréquentés par les Berlinois, des directeurs de théâtres de marionnettes viennent donner des représentations, mais ces spectacles deviennent de plus en plus rares. C'est seulement dans leurs familles que les enfants peuvent goûter au plaisir du spectacle des marionnettes et jouer eux-mêmes de petits morceaux dont le texte qui, généralement ne vaut rien, se trouve dans de petits livrets achetés dans les magasins de jouets et dont voici les principaux : *Kasperl et le diable*, *Kasperl à l'auberge des Forêts*, *Hourrah ! Kasper est de retour*. Ces marionnettes consistent généralement en une tête, deux bras et une sorte de sac qui est l'habit et où l'on introduit la main pour les faire mouvoir. Dans les théâtres publics, les marionnettes sont suspendues à des fils. — Les renseignements qui précèdent m'ont été fournis par M. Hans Flemming, le savant et érudit professeur au collège Dorothée, à Berlin, à qui je suis heureux d'adresser l'hommage de ma bien sincère gratitude.

(1) Nous avons omis à dessein Arlequin, Pantalon, Scapin, Don Quichotte, Pierrot, Cassandre, ces personnages n'ayant pas fréquenté chez les marionnettes.

rire franc et communicatif est bien la marque d'une
conscience en repos. Il a des démêlés avec le com-
missaire, avec sa femme, avec son voisin, avec le diable
même... Bon vivant, fort buveur, sans vergogne,
de langage libre et d'une gaieté inaltérable. Il n'a pas
d'opinions politiques très arrêtées... »

GUIGNOL

De qui ce portrait ? de Lafleur, sans doute. Cette
citation, tronquée à dessein, vous donne le portrait
qu'a tracé de Polichinelle, M. Ernest Maindron (1).

« Le caractère de ce personnage est celui d'un

(1) *Marionnettes et Guignols*, page 113.

homme du peuple : bon cœur, assez enclin à la bamboche, n'ayant pas trop de scrupules, mais toujours prêt à rendre service aux amis ; ignorant mais fin et de bon sens ; qui ne s'étonne pas facilement ; qu'on dupe sans beaucoup d'efforts en flattant ses penchants, mais qui parvient toujours à se tirer d'affaires... »

Cette fois, il n'y a pas à s'y méprendre, direz-vous. C'est, pardonnez-moi l'expression vulgaire, le portrait tout craché de Lafleur. Non : c'est celui du Guignol lyonnais, décrit par M. Onofrio (1).

Multiplier nos citations serait superflu pour démontrer que tous les types de marionnettes sont sortis du même moule et pétris du même esprit : l'esprit populaire qui est le même partout, du moins dans son essence.

Malgré le désenchantement que cette constatation procure à notre amour-propre, il faut rabattre de nos prétentions. Encore une de nos plus chères illusions envolées, — la vie est ainsi faite. Lafleur, que nous avons toujours considéré comme un produit du crû picard, n'est autre qu'une contrefaçon de Polichinelle.

Celui-ci, en veine de ballade, de compagnie avec son directeur, sera venu, un jour, exercer ses talents sur les bords de la Somme, en pleine chaussée Saint-Leu, et les habitants de ce quartier, gens très doux, très humains, très hospitaliers, séduits par sa bonne mine et par son excessive gaieté, auront voulu garder ce précieux messager de la joie.

(1) *Le théâtre lyonnais de Guignol*, 1865. — *Petit Journal* du 13 août 1898.

Vite, ce brillant compère fut incorporé dans la grande famille. Sceptique, conteur, bavard, de franc et libre langage, se permettant de dire aux puissants comme aux faibles ce qu'il pensait tout net, il avait les qualités requises pour être le porte-paroles du peuple et tenir haut et ferme le drapeau de ses revendications. On lui fit quitter son costume de carnaval pour revêtir l'habit à la française. Il fut coiffé du bicorne surmonté de la fameuse queue rouge terminée par une boufflette qui lui donna cet air gouailleur de gavroche provincialisé. Estimant que la difformité prête surtout à la risée, que l'esprit bon et sain ne peut venir que d'un corps sain et solide, ses bosses furent rabotées. On lui mit un peu plus de fer aux chaussures, de plomb dans les mollets et dans les bras, aussi plus d'esprit peuple dans la tête et voici notre héros incarnant désormais le type picard devenu aujourd'hui le légendaire Lafleur.

Soyons fiers de l'œuvre de nos devanciers. La copie, en effet, n'a rien à envier à l'original.

A quelle époque s'est opérée la transformation, l'incarnation de Polichinelle en Lafleur ?

Voilà ce que nous allons essayer de chercher.

Une famille amiénoise conserve, comme un précieux souvenir, un cabotin qui passe pour le *premier* Lafleur ayant paru sur une scène picarde. Il provient de feu M. Bellettre, propriétaire-directeur d'un théâtre de marionnettes, qui en serait l'auteur et à qui il faudrait attribuer la création de ce type.

Si la chose était exacte, Lafleur serait le contemporain du grand Napoléon.

Que le cabotin de M. Bellettre soit le plus *ancien*

5

Lafleur survivant connu, je ne saurais y contredire.
Quant à être le *premier*, c'est une autre affaire.

En effet, la question du costume se pose tout
d'abord.

Si Lafleur est né à l'époque où la France était sous
l'obsession des conquêtes napoléoniennes et où
l'Europe entière respirait une atmosphère de poudre,
on se demande pourquoi son *inventeur*, vivant dans
l'ambiance des idées du siècle, ne l'a pas présenté
sous les traits d'un grenadier accomplissant, de
par sa bonne étoile, les prouesses les plus surpre-
nantes, les traits d'héroïsme les plus grands.

Le prestige de l'uniforme n'eût pas manqué de
faire sensation sur le peuple dont il est, après tout,
l'émanation.

Il nous faut donc chercher plus haut son origine.

Le Lafleur de M. Bellettre porte la livrée du valet
de comédie. Par son costume, il appartient, tout au
moins, au temps de Louis XV. Qui sait, pensais-je,
si ce costume, rafraîchi de père en fils, n'a pas subi
les fluctuations de la mode et du goût ? Il est à noter
que le même phénomène s'est reproduit de nos
jours : le Lafleur, de Barbier, a quitté l'élégant habit
pour endosser le simple veston taillé dans le velours
d'Amiens ; il a troqué sa chemise à jabots pour celle
de toile simple et unie ; sa coiffure seule lui reste
et encore combien endommagée. (Fig. 17 et 18.)

L'état de parfaite conservation des vêtements du
cabotin de M. Bellettre m'avait fait concevoir des
doutes sur leur authenticité. J'en fis part au petit-fils
qui tient ce Lafleur en sa possession. Celui-ci
me confessa que, par une idée malencontreuse, ce

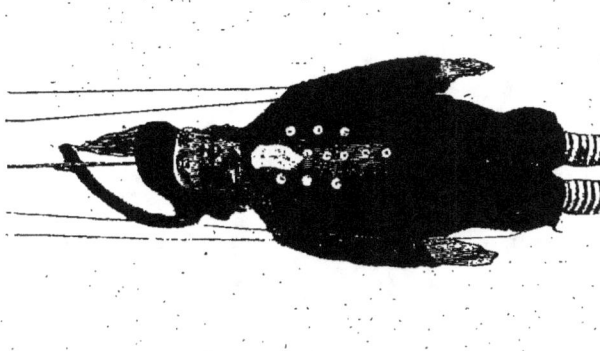

Fig. 18. — Le Lafleur de M. Barbier
(Cliché Léguillier).

Fig. 17. — Le Lafleur de M. Bellettre
(Cliché Léguillier).

cabotin fut, un jour, habillé de neuf de pied en cap,
les premiers habits n'ayant plus été jugés assez
beaux pour être portés par une célébrité semblable.
Comme il arrive toujours dans ce cas, la personne
chargée de ce soin voulut faire mieux que sa devan-
cière et, malgré les recommandations qui lui furent
faites, ne respecta pas scrupuleusement la forme de
la coiffure et la coupe des habits.

Par son nom, Lafleur serait bien antérieur à
Louis XV. Le célèbre poète comique Regnard a
donné ce nom au valet de ses comédies.

Déjà, au xvi⁰ siècle, il était d'usage, pour les
soldats et les valets, de changer leur nom patro-
nymique contre ceux de La Tulipe, La Rose, La
Fleur, La Plante, La Feuille, La Branche, La
Ramée, etc.

Ces deux points établis, pourquoi La Fleur, plutôt
que ses camarades, valets ou soldats, a-t-il été choisi
pour personnifier le type picard ?

J'ai dit, plus haut, qu'à mon avis, Lafleur ne pouvait être qu'une transformation de Polichinelle par
le génie populaire des habitants d'Amiens.

Comment, pourquoi Polichinelle n'est-il pas
resté... Polichinelle ?

Quel événement, survenu dans notre ville a bien
pu fixer l'attention sur La Fleur au point de lui faire
tenir une place considérable dans les annales de
notre cité ?

Tels sont les points d'interrogation que je me
suis souventes fois posés.

Une première piste, qui concerne un nommé
La Fleur, picard, sergent aux armées de Louis XVI,

anobli et fait officier à la suite d'une action d'éclat, ne me paraît pas devoir être retenue. Aux cabotins, jamais La Fleur n'a paru sous l'habit militaire. Il ignore l'armée. On comprendrait mal, du reste, qu'après les honneurs dont ce sous-officier fut comblé, il soit venu échouer dans les théâtres populaires sous les traits d'un valet.

Je ne crois point qu'il faille accorder davantage de crédit au La Fleur, valet de Sterne, dont il est question dans le *Voyage sentimental.* Né en 1744, bourguignon d'origine, son odyssée, en Picardie, se borna à Montreuil-s-Mer qu'il gagna, après sa désertion, grâce à des habits prêtés par un paysan. C'est à la suite de cette escapade que Varenne l'envoya chez Sterne où il fit les délices des amis de son maître par sa façon séduisante de raconter les aventures de sa vie.

Mes recherches restaient stériles lorsqu'un jour, M. Delambre, Conservateur du Musée d'Amiens, que l'on ne consulte jamais en vain sur les choses intéressant la Picardie, me signala, dans l'inventaire des archives du Chapitre, la trace d'un La Fleur, valet, qui fut le héros d'un procès dont le retentissement, dans notre ville, dut être très grand en raison des circonstances qui le firent naître.

Voici le résumé de cette affaire :

Depuis quelques années, des difficultés avaient surgi entre le lieutenant du roi en la ville d'Amiens et les officiers de justice et de finances, à l'occasion de la préséance à observer dans les rangs aux processions.

Le sieur de P...., nouvellement installé en qualité

de lieutenant du roi, résolut de faire trancher la question à son profit, se réservant, dans le cas où satisfaction ne lui serait pas accordée, d'empêcher la procession générale du 15 août 1648, jour de l'Assomption.

Encouragé, dans ses desseins, par plusieurs gentilshommes, le sieur de P.... arma ses domestiques au nombre desquels se trouvait un nommé La Fleur, avec mission de provoquer le trouble, le cas échéant.

Monseigneur François Faure, alors évêque d'Amiens, mis au courant de la situation et voulant éviter les désordres qui, deux fois déjà, avaient été commis en sa présence, fit venir, en son palais épiscopal, deux heures environ avant la cérémonie, le sieur de P.... pour lui faire des remontrances à ce sujet et l'informer que pour éviter toute discussion sur la préséance, objet du litige, il lui confiait le soin et l'honneur de servir d'écuyer à Mme la Vidame d'Amiens, à ce consentante.

C'était là une façon de contenter tout le monde en sauvant les apparences, la préséance revenant de droit à l'écuyer et non au lieutenant du roi.

Le sieur de P.... n'eût-il pas le temps de prévenir ses domestiques de l'espèce de transaction intervenue entre l'évêque et lui ? C'est probable.

La procession était à peine éloignée de cent pas environ de l'église, que le nommé La Fleur, « garni de pistoletz », l'épée nue à la main, « fendant la presse avec challeur », venait se placer à la suite de son maître et qu'à l'angle de la rue du *Beau Puich*, où ses acolytes étaient apostés, il poussait le cri : « Aux armes », répété par ceux-ci.

A cet appel, une mêlée indescriptible s'ensuivit. Le tumulte provoqué par cet attroupement fut si grand que la procession ne put être continuée et que Monseigneur l'évêque retourna dans la Cathédrale « avec l'image de la Vierge, les relicques et ce qu'il a pu assembler de chanoines. »

Mais un grand nombre d'habitants, rendus furieux par cet événement, se ruèrent sur les fauteurs de désordres et principalement sur leur chef La Fleur qui fut fait prisonnier et mené « ès-prisons de Monseigneur l'évesque d'Amiens comme prison empruntée. »

C'est ici que l'affaire se corse.

Le sieur de P.... ne se sentait pas à l'abri de tout reproche, de toute représaille. Aussi, à l'issue du salut accoutumé de l'Assomption, entre six et sept heures du soir, jugeait-il prudent de se rendre, de lui-même, au palais épiscopal, pour assurer l'évêque qu'il n'était pas la cause du désordre arrivé en la procession de ce jour, ajoutant, au surplus, qu'il ne connaissait le nommé La Fleur ni de loin, ni de près.

C'était pousser l'outrecuidance un peu loin et risquer de compromettre sa cause déjà bien mauvaise, toutes les présomptions étant contre lui.

En effet, mal satisfait des explications du lieutenant du roi, l'évêque exigea qu'il fît amende honorable et preuve de soumission envers l'Eglise en se reconnaissant coupable ; il le menaça même d'envoyer au roi le procès-verbal des faits s'il ne lui donnait prompte et entière satisfaction.

L'inculpé, pardonnez-moi l'expression vulgaire, biaisa tout d'abord, chercha des échappatoires et refusa de se rendre aux convocations de l'évêque.

L'affaire menaçait de s'éterniser, lorsqu'enfin, au bout d'un an, pressé de questions, exhorté puis admonesté par le prélat qui lui fit voir la grièveté de sa faute, l'avisant que ce « qu'il feroit vollontairement et de plain gré, lui seroit plus honnorable et plus advantageux que ce qui luy seroit imposé par l'auctorité de l'Eglise, » le sieur de P... se soumit, s'avoua coupable et reconnut que le nommé La Fleur, « *prévenu de grandz crimes et depuis exécuté à mort*, étoit son domestique et venu de son ordre... »

L'une des dépositions, qui figurent au procès, nous fait savoir que La Fleur était connu à Contre comme valet du sieur Cocquerel qu'il quitta pour passer au service du sieur de P...

Le héros de cette aventure est donc bien picard et sa frasque le consacre amiénois.

Sans doute, à propos de cet événement et de son auteur principal, il ne m'est pas encore permis de m'écrier triomphalement : voilà le Lafleur vivant, le Lafleur de chair et d'os duquel est sorti notre type légendaire.

Je ne serais pas éloigné de penser que les faits, relatés ci-dessus, aient pu être la cause déterminante du choix de La Fleur.

De nos jours, l'auteur théâtral n'est-il pas à l'affût du fait-divers sensationnel qui lui procurera l'aliment d'une pièce nouvelle ?

Or, empêcher une procession de sortir, en plein XVIIe siècle, n'y avait-il pas là-dedans matière à susciter la veine d'un auteur en quête d'actualité ?

J'ajouterai que cette prouesse est à la taille de notre grand rôle du théâtre des cabotins.

Qui sait si, à la suite de cette action mémorable, un écrivain, — peu importe lequel, — n'a pas cherché, en la mettant à la scène, à impressionner les habitants de notre ville et à enlever à quiconque toute velléité de suivre l'exemple de La Fleur, en montrant par l'exécution de celui-ci, comment le crime trouvait toujours son châtiment ?

Eh ! oui, le Lafleur fameux, le Lafleur invulnérable, à qui rien ne résiste, qui a le dessus en tout et sur tous, par l'esprit comme par la force, aurait, — cela n'a rien d'improbable, — tout d'abord été condamné et exécuté aux cabotins comme un vulgaire coquin.

Un soir, très heureusement inspiré, un directeur de théâtre, mis dans l'obligation de satisfaire au désir de sa clientèle, bissant la scène finale, aura eu ce caprice génial de ressusciter celui qui venait d'être exécuté l'instant d'avant et de le rendre maître de la situation par une magistrale correction appliquée aux représentants de l'autorité : juges, magistrats et bourreau.

Ce dénouement inattendu ayant conquis d'emblée l'approbation unanime et soulevé des tonnerres d'applaudissements, aura été repris le lendemain, les soirs suivants, pour être fixé définitivement, et c'est par ce simple artifice que notre Lafleur picard, fatigué d'être exécuté et *recrand* de mourir sera entré *tout de go* dans l'immortalité.

Chez les marionnettes et cabotins, on n'en est pas à une transformation près.

Comment expliquer celle-ci : « Les créations du génie populaire, dit Littré, révèlent à toutes les époques des caractères multiples, suivant les circonstances extérieures, sans qu'on puisse démêler exactement où commence ni où se termine tel ou tel trait de la figure. »

Des types aussi complexes que Lafleur ne se fabriquent pas tout d'une pièce. Ils sont le produit de plusieurs modèles qu'ils soudent, amalgament, fondent et résument en un seul.

Tout ceci est du domaine de la conjecture, m'objectera-t-on. Soit. Mais si la présomption ne constitue pas la preuve, elle sert du moins à retenir l'attention et à permettre la discussion.

Cette présomption se trouve considérablement renforcée par les rapprochements qui s'imposent entre le héros des cabotins et celui du procès.

Nous avons vu plus haut que le costume du Lafleur de M. Bellettre était, tout au moins, celui du valet de comédie sous Louis XV, sinon même sous Louis XIV, par conséquent proche de l'époque de l'aventure fameuse relatée ci-dessus.

Les plus anciens théâtres sur lesquels il nous soit permis de faire fond, — encore n'en pouvons-nous parler que d'après ce que nous ont rapporté nos parents et grands-parents, les documents écrits sur la matière faisant complètement défaut, — sont celui de la rue de la Plumette et celui de la rue des Poulies. Dans ces théâtres, Lafleur était modestement qualifié de valet, de paysan picard.

Les mêmes qualités appartiennent à l'autre.

Tous deux n'ont-ils pas des traits communs et dominants ? Par leur caractère de risque-tout et de sans-peur, ne voyant jamais la difficulté, par consé-

quent capables de tout entreprendre, ils semblent
être l'expression même du vieil adage : *Audaces
fortuna juvat.*

Je termine :

Quiconque voudra étudier le caractère des amiénois
au xɪxᵉ siècle, pénétrer leur esprit, stéréotyper, si
j'ose dire, leur âme, devra, pour être complet,
puiser aux sources du répertoire des théâtres de
cabotins.

Mieux que les plus belles descriptions, les saynètes
et les bouffonneries, par leurs dialogues improvisés,
d'une franchise naïve, d'une saveur âcre peut-être
mais sûrement captivante parce que fidèle et fleurant
le terroir, nous retracent les défauts et les qualités des habitants de notre cité, nous initient à leur
manière de vivre.

Verbeux jusqu'à la vantardise, naturellement
expansif, de conversation enjouée, alliant le bon
sens, l'esprit et la gaîté, aimable et serviable, d'une
causticité qui tourne parfois à la dérision, lent dans
la décision, rude dans l'action, patient et endurant
dans la souffrance, menaçant et terrible dans la
colère, aimant l'égalité, amoureux de la liberté, tels
sont les traits dominants du picard dont Lafleur est
la plus originale personnification.

Puissent cette verve et cet esprit ne jamais se
tarir mais se rajeunir et se répandre comme la
source féconde et traditionnelle à laquelle les géné-
rations de demain, qui s'annoncent si tristes, vien-
dront se ravitailler de pure et de franche gaieté.

E. David.

NOTE DOCUMENTAIRE

G. 555 (Liasse). P. 233 et ss. de l'Inventaire des Archives du
Département de la Somme.

Amiens 6 août 1648. — Information sur un incident survenu à
la procession de l'Assomption 1649. « Louis Wallart, maistre
paticier, demeurant Amyens, aagé de quarante-cinq ans,... a dict
que dimanche, jour de l'Assomption de la Vierge, sur les quatre
heures d'après-midy, estant à la porte de sa maison, il auroit veu
la procession généralle de la ville sortir hors de l'église cathédralle, composée des familles et relligieux, dés curez de la ville
et congrégez des parroisses, des sieurs doien, chanoines et
chappitre revestus en chappes, l'image de la Vierge et relicques
portées, et le seigneur évesque revestus pontificallement, suivy
de Madame la vidame conduite par le Sr de P...., lieutenant du
roy en la ville, quy lui servoit d'escuier, et après eux quelques
gentilshommes, soldats et paysans armés de leur espée, et ainsy
qu'il a ouy dire, de pistoletz de pochette, et à costé marchoient
MM. les généraux des finances suivis des eschevins et officiers de
ville, et auroit veu un paysan, lequel fendant la presse avecq
challeur, auroit esté arrêté par le sieur Charles Lestocq, premier
eschevin, lequel auroit dict aux sergeans quy le précédoient qu'ilz
arrestassent ledit paysan garni de pistoletz, ce que probablement
ledit paysan voulant esvitter, il se seroit jetté brusquement dans
le gros de ces gentilzhommes et soldatz, lesquels à l'instant
auroient levé l'espée nue en nombre de plus de trente, et le
Sr de P...., quittant la dicte dame gouvernante, se seroit jetté
aussi au millieu desdits soldatz et gentilzhommes, l'espée nue et
ladicte dame quittant la procession, s'est retirée dans une maison
voisine et le reste du peuple cherchant sa seurcté dans les mai-
sons qu'il trouvoit ouverte, et quelqu'un que le depposant n'a veu
ni congneu, ayant crié : *aux armes !* luy depposant seroit sorti
en la rue avecq sa hallebarde, auquel ledit sieur premier eschevin
luy ayant commandé de rentrer en sa maison, luy auroit à l'instant
obéi, et a veu ensuitte le depposant, une sy grande confusion et
désordre dans toutte la rue, que la procession ne pouvant estre
continuée, mondict seigneur l'évesque seroit retourné dans la
cathédralle avec l'image de la Vierge, les reliques et ce qu'il a

pu assambler de chanoines... — Jean Guerotte, maistre cordonnier,
a dict que il estoit à la fenestre de son logis, regardant la procession passer, il vit un homme façon de paysan, sans manteau ny
espée, lequel se pressant dans le peuple, se vint plasser devant
le sieur Charles Lestocq, premier eschevin, lequel dict au païsan
qu'il se retira de devant luy, et appercevant qu'il avoit un pistolet
dans la poche, dict aux sergeans à mace qu'ilz arrestassent ce
coquin.... lequel paysan, pour éviter d'estre pris, seroit allé
joindre le gros de gentilz hommes, soldats et paysans quy
estoient probablement mandez pour escorter ledit Sʳ de P...,
lequel plusieurs personnes, mesme le depposant, avoit veu entrer
dans l'église cathédralle au commencement des vespres, suivi de
plus de quarante personnes l'espée au costé ; et estant ledit
paysan, joinct à ce gros et suivy des sergeans quy le vouloient
appréhender, le Sʳ de P... auroit quitté ladicte dame, et, l'espée à
la main, se seroit jetté au milieu de ceux qui l'escortoient, lesquels à son exemple ont tous faictz le semblable, et entre iceux
et le déposant a remarqué le sieur de M....., demeurant près
de Poix, frère cadet du Sʳ de P..., lequel avoit l'espée nue à la
main et ledit Sʳ de P.... l'espée nue, seroit allé droict à MM. les
généraux ;.... vict encore un grand lacquais appartenant au Sʳ de
P...., auquel fust arrachée l'espée nue qu'il tenoit à la main et
icelle rompue par un bourgois sur son genou. (Suivent les dépositions d'Adrien Vignier, droguiste, François de Fort, jeune
homme à marier, aagé de 17 ans, Nicolas Le Caron, jeune homme
à marier, aagé de 18 ans, Gabriel de Targuy, jeune homme à
marier, pintre, François Quignon, maistre chirurgien, Damoiselle
Anne Postel femme d'honnorable homme Nicolas Blasset, sculteur.
— Honnoré Barbier, Anthoine du Rieu, filz de Pierre du Rieu,
marchant à Amiens, rue Saint-Martin, aagé de 20 ans ou environ....
a dict qu'estant allé dimanche au matin, jour de l'Assomption, en
l'église cathédralle, il auroit appris qu'il pourroit arriver du
désordre en la procession quy se debvoit faire après vespres à
*l'occasion de la précéance des rangs entre le Sʳ de P... lieutenant
du Roy, en la ville et les officiers* de justice et finances et que ledict
P.... avoit fait venir en la ville quelques cavaliers et soldatz jusque
au nombre de quarante ou cincquante, ce quy a rendu le depposant
curieux de se rendre en ladicte église après complies pour observer
ce quy se passeroit et a veu quelques gentilzhommes et autres
personnes bottés, avecq l'espée au costé, marcher en foulle
derrière Madame la vidame.... — François de Court, marchant, demeurant Amyens, rue des Vergeaux, aagé de cincquante-deux ans....

a dict qu'estant dans l'église de Notre-Dame pendant les vespres du jour de l'Assomption, il a entendu dire que le Sʳ de P... avoit fait venir, plusieurs de ses amis pour l'assister en la procession. et que la procession sortant de l'église, il s'est retiré sous le portail de la Mère de Dieu, où il a fait rencontre d'un paysan dict *La Fleur*, qu'il a coùgneu à Contre, au service du sieur Cocquerel, duquel il a quitté le service, il y a bien un an environ et enquis qui est-ce quy l'avoit fait venir en ceste ville, et dict qu'il estoit venu comme les autres, ce que le depposant n'a pas fait expliquer. audit *Lafleur* quy a adjousté qu'on l'avait mandé deux ou trois fois, qu'il ne sçavoit pas pourquoy, et à l'instant après, la procession passée, le depposant auroit veu les habitans épouvantés retourner vers l'église, où il seroit rentré, et à l'instant sorty de l'église, se seroit jetté dans la maison du Noir-Mouton et n'a rien veu de ce quy s'est passé dans la rue du Beau-Puich... — Charles Gœudon, sergeant à mace, de la mérie et eschevinage d'Amiens, aagé de 22 ans.... a dict qu'en qualité de sergent à mace, il auroit esté commandé de la part des premier et eschevins de se trouver avecq ses compagnons à la porte de M. Charles Lestocq, premier eschevin, pour icelluy conduire à l'église cathédralle, où estant sur les deux à trois heures, il auroit recongneu plusieurs païsans dans ladicte église armés d'espées, pistoletz et baïonnettes ... et sortant de l'église dessus le parvy, il auroit esté commandé par le sieur Lestocq, premier eschevin et trois de ses compaignons, de ne laisser passer devant les sieurs eschevins aucuns desdits paysans armés, quy paroissent estre espris de vin, de crainte de troubler le service divin.... — Jacque Sallé, archer, demeurant Amiens, aagé de vingt-cincq ans,.... a dict que.... regardant par ledit depposant la procession sortir de l'église, il auroit recongneu qu'à la fin d'icelle, ledit Sʳ de P.... menoit madame la vidame par la main, dont à sa suite *lesdits soldats et païsans pressoient insolemment lesdits sieurs géneraux pour les empescher de marcher à leur rang*, et à la sortye en bas du parvy, comme la procession estoit advancée environ de cent pas de l'église, le depposant auroit apperceu qu'à la suitte dudit Sʳ de P..., il y avoit un desdis païsans nommé *La Fleur*, quy se disoit cavallier, quy mist l'espée nue à la main, et à l'instant auroit veu plusieurs espées nues dans la meslée.... auroit veu plusieurs desdits habitans se jetter sur ledit *La Fleur* et fist ledit depposant de mesme et le constituèrent prisonnier et le menèrent ès prisons de Mgr l'évesque d'Amiens comme prison empruntée... — Mᵉ Martin Le Febvre, prebtre, clercq de la paroisse de Saint-Firmin,.. a dict qu'il a assisté à la procession commencée

le jour de l'Assomption de la Vierge dernier passée et que en
qualité de prebtre et de clercq de la paroisse de Saint-Firmin-
le-Confesseur, il y marchoit revestu de surplis et d'une chappe de
damas blanc et le baton ou bourdon d'argent en main, pour le ré-
gime et conduitte de ladicte parroisse, et qu'estant parvenu devant
le logis de la Notte royalle en la rue du Beau Puich, il auroit entendu une voix confuse du peuple criant : *Aux armes !* mais que
ne voiant pour lors rien capable de l'estonner, il auroit continué de
marcher avec Mᵉ Maurice Le Blancq, aussi prebtre clercq de ladicte
parroisse et animé les prebtres de sa parroisse à continuer la procession ; mais ayant incontinent entendu crier : *Aux armes !* par
un plus grand nombre de personnes que la première fois, le depposant et ledict Maurice, son compagnon, revestus de leurs
chappes, seroient retournez sur leurs bas (pas ?) vers la grande
église, et auroit apperceu au coing de la ruelle quy conduict à
Saint-Remy, que le Sʳ de P...., accompagné d'un jeune homme vestu
d'un pourpoinct de buffetum, que l'on disoit estre son frère, ren-
troient de ladite ruelle dans la grande rue du Beau Puich ayans
l'espée nue à la main, desquelz ilz allongoient des estocades contre
le peuple quy se retiroit devant eux, dont le depposant eust receu
un coup d'espée au travers du corps poussé par ledit Sʳ de P....,
sy luy depposant n'eust destourné le corps et paré avecq son bas-
ton d'argent et à l'instant entre le sieur Charles Lestocq, premier
eschevin, disant au peuple qu'il se retirasse et nommant le depposant luy dict pareillement qu'il se retirast, puis ledit sieur Lestocq
addressant la parolle audit Sʳ de P...., luy dict plusieurs fois qu'il
remist l'espée au foureau et puis luy manda ce qu'il avoit fait de
Madame la vidame quy luy servoit d'escuier en ceste procession
où il l'avoit laissée et retourna le depposant en sa paroisse.

17-25 août 1649. — Autre information sur les mêmes faits.
« Mᵉ Aloy le Coustelier, procureur au bailliage et siège présidial
d'Amiens, aagé de vingt huict ans ou environ.... a dict que le
dimanche, jour de l'Assomption de la Vierge, estant aux vespres
dans l'église cathédralle, il vist plusieurs gentilzhommes suivis de
soldats et païsans, tous portans l'espée, qu'on luy dict estre venus
en ceste ville pour prester main forte au Sʳ de P... en le précéance
par luy prétendue sur les corps laïques de la ville, et entre iceux
il remarqua les sieurs de Moreauville, de Flers, de Cocquerel le
Jeune, Caron d'Argœuve, puis vist ce gros se diviser par groupes
de dix ou douze personnes et se retirer en divers endroicts de
l'église.... — Mᵉ Charles Le Caron, advocat au bailliage et siège
présidial d'Amiens, aagé de vingt-sept à vingt-huict ans.... a dict

que... estant dans l'église cathédralle de ceste ville, dans la compagnie du sieur Momignon, marchant, pour y entendre vespres et ensuitte assister à la procession.... il auroit esté abordé par le sieur de Fluy accompagné d'un autre gentilhomme quy n'est de sa connoissance, avec lequel ayant tenu plusieurs discours d'indifférence, voiant grand nombre de paysans armés, ensen ble plusieurs autres gentilzhommes se promener dans ladicte église, entre lesquelz il remarqua les sieurs de Rumigny, Dezaleux, son frère, Moreauville, Harponville, de Flers, Desmarguettes, il seroit venu à parler *du différend quy estoit entre le Sr de P...: lieutenant du Roy et les sieurs généraux des finances pour la précéance prétendue par chacun d'eulx*; sur quoy auroit esté dict par luy depposant qu'il ne croyoit point qu'il y eust aucune difficulté, attendu le bruict quy estoit que ledit Sr de P.... debvoit conduire Madame la vidame, ce quy metteroit la chose hors de conteste, et que, quand mesme cela ne seroit de ceste sorte, que ledit sieur de Pissy auroit tort de faire assembler tant de gens armez, ce qui pourroit causer rumeur et sédition dedans la ville et scandal à l'église dans une telle occasion qu'est celle d'une procession, et auroit mesme encore dict qu'il estoit facheux pour les amis du Sr de P.... quy estoient là pour l'assister, de se trouver en semblable occasion; parce qu'ayans affaire et désobligeant un corps considérable comme est celui desdits trésoriers, il y auroit à craindre pour eux d'en recevoir un jour du desplaisir ; à quoy auroit respondu par icellui gentilhomme quy n'est point de sa connoissance, qu'en effect, ledit Sr de P.... les avoit mandé luy et ses autres amis, pour l'aider à conserver le rang qu'il prétendoit avoir à ladicte procession et qu'estant question de servir un amy, il n'avoit peu faire autrement que de venir, et de plus auroit encore dict à lui depposant qu'ilz avoient pris résolution entre eux et promis au Sr de P.... de l'aider et secourir, et au cas que lesdits trésoriers voulussent lui disputer ladicte précéance, de mettre l'espée à la main et de tuer et assassiner tous ceux quy s'y vouldroient opposer.

31 août 1649. — Procès-verbaux dressés par l'évêque d'Amiens sur les mêmes faits. « L'an mil six cens quarante-neuf, le samedy quatorziesme jour d'août, nous, François par la grâce de Dieu, évesque d'Amyens, désirant prévenir les désordres qui ont esté commis deux fois en nostre présence ès processions générales, sur la préséance préten ue par le Sr de P... et son prédécesseur, lieutenans pour le Roy en ceste ville, nous aurions veu pour ce subject Madame la vidame d'Amyens, laquelle nous aurions priée de se trouver le lendemain jour de feste de l'Assomption de la

Vierge, à la procession que nous devions faire pour le vœu du feu
roy d'heureuse mémoire ce qu'elle nous auroit promis : et le
mesme jour nous aurions adverty le sieur Piètre, trésorier et
général des finances, auquel nous aurions tesmoigné que la compagnie pouvoit assister à la procession, sans craincte qu'il y eust
aucune contestation, puisque ladite dame y seroit ; et le lendemain dimanche quinziesme de la feste, après le sermon, revenant
en nostre hostel épiscopal, en attendant vespres, lediet sieur Piètre
et le sieur Aguesseau, aussy trésorier général des finances,
seroient venuz nous trouver et nous dire que leur compagnie estoit
toute disposée à aller à la procession, mais qu'ayant appris que
le Sr de P.... avoit faict venir des gentilzhommes soldatz et
païsants armez, ils appréhendoient que ce ne feust pour leur
malfaire, que pour éviter à scandalle, ilz estoient en délibération
de s'en abstenir, que néantmoins ; si ladicte dame y alloit, ilz s'y
trouverroient et qu'ilz nous prioient d'envoyer le savoir d'elle et
de l'advertir de ce que dessus ; ce que nous aurions faict, luy
envoiant aussitôt Mo Nicolas Lefebvre, prestre, chanoine de nostre
église, nostre aumosnier, qui trouva ladicte dame *dans les formes
du chœur*, à laquelle ayant faict entendre ce qui nous avoit esté dict
par lesdictz sieurs Piètre et Aguesseau, elle auroit respondu
qu'elle yroict à la procession, que le dict Sr de P.... luy serviroit
d'escuier et que lesdictz sieurs trésoriers y pouvoient assister en
toute asseurance ; ce que nous leur aurions envoyé dire par nostre
maistre d'hostel en leur bureau, y estans tous assemblez.... Nous
serions partiz de ladicte église processionnellement avec les sieurs
dignitez, chanoines et chappitre, du clergé, tous revestuz en chappes et lesdictz relligieux, l'image de la Saincte Vierge portée par
deux chanoines, le peuple nous suivant, ladite dame menée d'une
main par ledit Sr de P.... et de l'autre par le sieur d'Ailly, lesdictz
sieurs trésoriers et le corps de ville marchans en leur rang Et
estans entrez en la rue du Beau Puits, à trente pas ou environ de
la cathédralle, près de la ruelle qui conduict à Saint-Remy, nous
aurions entendu un grand bruict,.... aurions veu à l'instant plusieurs
gentilzhommes, soldats, lacquais et païsants, entre lesquelz auroient
esté remarquez lediet Sr de P.... avec deux siens frères, les sieurs
de Moreauville, son beau-frère, Rumigny et Dezaleux, frères, Harponville, de Flers, Cocquerel dict des Marguettes, Caron d'Argœu-
ves et autres, tous ayans le bras levé et l'espée nue en la main, en
grand nombre, ladicte dame se retirant dans une maison voisine, la
confusion et le tumulte tout le longs de la rue, devant et derrière nous,
les curez avec leurs prestres ostant leurs chappes pour se retirer, les

chanoines et autres ecclésiastiques et relligieux esparts çà et là, tous cherchans leur seureté où ilz pouvoient, ledict sieur Lestocq, premier eschevin, assisté de ses collègues eschevins, faisant ce qui luy estoit possible pour asseurer un chacun et empescher le désordre, mais le peuple estant en cest état et ne pouvant pas faire la procession, nous aurions esté nécessité de retourner en nostre église avec l'image de la Vierge et faict appeller ce que nous aurions peu desdictz sieurs chanoines et autres éclésiastiques, pour chanter le salut accoustumé estre dict ce jour là en la nef de noste dicte église. Et ledict jour de l'Assomption, entre six et sept heures du soir, revenant de la ville, aurions trouvé en nostre dict hostel épiscopal ledict Sr de P.... en la compagnie du sieur de Blamont, sergent-major de ceste ville, lequel nous auroit dict n'avoir point esté cause du désordre arrivé en la procession de ce jour, sur quoy nous luy aurions remonstré que l'injure faicte à l'église estoit très grande, et qu'il estoit notoire que luy et ses adhérantz seulz avoient mis l'espée à la main et troublé et empesché avec grand scandalle le service divin : que ceste faulte mérite grande réparation et satisfaction envers l'Eglise ; desquelles remonstrances témoignant n'estre pas satisfaict, se seroit retiré en disant qu'il nous verroit le lendemain. Et le lendemain lundy, seiziesme dudit mois, les sieurs doien, chanoines et chappitre de nostre église cathédralle assemblez cappitulairement, auroient depputé vers nous les sieurs Pécoul, Levasseur, Dezaleux et Martine, leurs confrères, pour nous prier de faire faire la réparation deüe à l'église à cause du scandalle arrivé le jour d'hier. Et au mesme jour, ledict Sr de P.... nous seroit venu retrouver par deux diverses fois en nostre dict hostel épiscopal, à la première, sur les dix heures du matin, nous auroict prié de ne poinct envoyer nostre procès-verbal au Roy, et à la seconde, sur les quatre heures du soir, nous auroict tesmoigné désirer satisfaire à l'église, tant pour luy que pour ceux qu'il avoit employez pourveu que la satisfaction ne luy feust poinct injurieuse et ne donnast aucun advantage à ses partyes adverses, et auroit demandé temps pour en communiquer à son conseil, et promis de nous en rendre responce dans le jour, ce qu'il n'auroit pas faict. Et le mardy dix-sept, à dix heures du matin, ledict Sr de P... nous iestant encorés venu trouver, nous auroit prié de luy estre favorable et dict qu'il voudroict bien satisfaire à l'Eglise, mais que son conseil luy faisoit craindre les conséquences qu'on pouroit tirer d'une satisfaction, qu'il voyoit bien néantmoins qu'il falloit qu'il en fust, à quoy nous l'aurions exhorté et admonesté, luy remonstrant la griefveté

6

-de sa faulte et dict que ce qu'il feroit vollontairement et de son plain gré luy seroit honorable, et plus advantageux que ce qui luy seroit imposé par l'auctorité de l'Eglise ; et nous ayant-tesmoigné estre aucunement touché de noz admonitions, il se seroit retiré comme voulant encores en prendre advis, et nous faisant espérer qu'il satisferoit ; et le lendemain seroit party pour aller à la cour, et quelques jours après à son retour, nous seroit venu trouver, et nous auroict dict qu'il n'avoit plus à faire qu'à nous pour l'intérest de l'Eglise, et nous faisant parler par diverses personnes et en divers temps, nous auroit toujours entretenu en espérance d'une satisfaction et réparation envers l'Eglise ; mais voyant que le délayement tournoit au mespris de l'Eglise, nous aurions estimé estre de nostre devoir d'envoyer vers luy un ou deux éclésiasticques, pour l'admonester de nous venir trouver pour se soubmettre à ce qui seroit de raison.... Et le lendemain dimanche, avant vespres, ledict Sr de P...., nous seroit venu trouver, en la compagnie des sieurs de Blamont, major de la ville et Dupont, enseigne de la citadelle, lequel nous auroit dict que, sur ce qu'il aurois apris du sieur de Blamont, la présent, que le jour précédent nous lui avions tesmoigné que nous voulions mettre fin à son affaire, il nous venoit trouver pour cest effet, et nous dire qu'il s'estonnoit qu'on l'accusoit d'avoir esté cause du trouble du service divin en ladicte procession, bien estoit-il vray qu'il y avoit eu grand désordre, mais qu'il devoit estre imputé à ceux qui avoient voulu faire oster le pistollet à un païsan et l'arrester ; sur quoy nous luy aurions dict qu'il ne se devoit point flatter de ceste excuse, que les gentilz-hommes, soldatz, païsants et lacquais qui s'estoient touvez avec armes,... avoient esté convocquez et amenez de sa part, que luy-mesme, par l'arrest qu'il avoit obtenu au Parlement, avoit recongneu que le nommé *La Fleur, prévenu de grandz crimes, et depuis exécuté à mort,* et Nicolas Benault, estoient ses domes-ticques et venuz de son ordre.... Et le mesme jour, sur les quatre à cinq heures du soir, ledict sieur Dupont, enseigne de la citadelle, seroit venu de la part dudit Sr de P.... nous trouver en nostre dict hostel et nous auroit dict en la présence du sieur de Robbeville, chantre et théologal de nostre église et nostre grand vicaire, qu'icelluy Sr de P.... ayant communiqué avec son conseil, avoit pris résolution de ne se soubmettre à aucune satisfaction, de peur qu'elle ne luy portast quelque préjudice. Sur quoy nous avons ordonné que le présent nostre procès-verbal sera communiqué à nostre promoteur, et cependant qu'il en sera envoyé une grosse au Roy, pour l'informer de ce qui s'est passé, afin qu'il plaise à Sa

Majesté, par sa piété, de faire soubmettre ceux qui ont troublé le service divin,.... à la réparation qu'ils en doibvent à Dieu et à son Eglise, et que, par ceste satisfaction volontaire, nous ne soyions point obligé de procedder allencontre d'eux par les voyes ordinaires et accoutumées. » Palais épiscopal d'Amiens, 6 septembre 1649.

www.ingramcontent.com/pod-product-compliance
Lightning Source LLC
Chambersburg PA
CBHW060434260626
47161CB00005B/1914